Asterix®

IM LAND DER GÖTTER

NACH DEM COMIC „DIE TRABANTENSTADT"

ROMAN ZUM FILM

von Elizabeth Barféty

Aus dem Französischen
von Klaus Jöken

Schneiderbuch
EGMONT

1. Auflage
2015 Schneiderbuch
verlegt durch Egmont Verlagsgesellschaften mbH,
Gertrudenstraße 30–36, 50667 Köln

Die französische Originalausgabe erschien 2014 unter dem Titel
„Astérix® Le Domaine des dieux – le roman du film“

Szenen und Dialoge: Alexandre ASTIER, Louis CLICHY,
Jean-Rémi FRANÇOIS, Philip LAZEBNIK
Realisierung: Louis CLICHY & Alexandre ASTIER

Nacherzählung: Elizabeth Barféty
Der Film basiert auf dem Album „Die Trabantenstadt“,
deutsche Übersetzung von Gudrun Penndorf M. A.
Übersetzung des Romans zum Film: Klaus Jöken
Satz: Greiner & Reichel, Köln
Printed in the EU (675292)

ISBN 978-3-505-13675-7

www.schneiderbuch.de

MIX
Papier
FSC FSC® C017859

INHALT

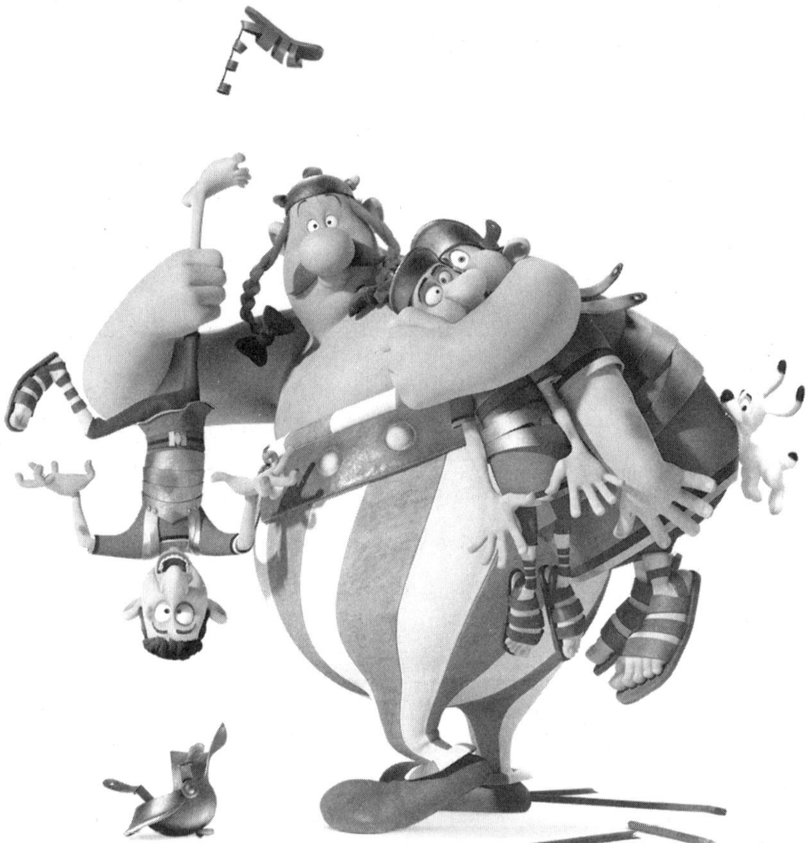

KAPITEL 1

CÄSARS PLAN

Wir befinden uns im Jahre 50 vor Christus und ganz Gallien ist von den Römern besetzt. Ganz Gallien? Nein! In Aremorica hört ein von unbeugsamen Galliern bevölkertes Dorf nicht auf, dem Eindringling Widerstand zu leisten …

Und es gibt jemanden, dem dieser Gedanke gar nicht gefällt: Gaius Iulius Cäsar.

Gerade steht der römische Diktator in einem riesigen Saal des Kaiserpalastes. Vor ihm steht ein großes Modell eines gallischen Dorfes.

„Senatoren“, verkündet er mit eisiger Stimme

und schwenkt dabei eine winzige gallische Hütte, die er aus dem Modell gerissen hat. „Jene, die den Klauen des Löwen entronnen sind, werden vom Biss der Schlange vergiftet …“

Der Diktator sieht die drei Senatoren vor ihm strafend an. Samus, Pesticius und Falerius haben es doch tatsächlich gewagt, miteinander zu tuscheln. Cäsar findet das ganz und gar nicht witzig.

Er unterbricht seine Rede.

„Um was geht es?!“, fragt er die Männer vor sich gereizt.

„Nun ja …“, fängt Falerius zaghaft an, „was meinst du genau mit dem ‚Biss der Schlange‘, o Cäsar?“

„Ich hab das mit den ‚Klauen des Löwen‘ nicht richtig verstanden!“, fügt Pesticius mutig hinzu.

Cäsar ist kurz davor, vor Wut zu platzen. Aber er holt tief Luft und zwingt sich dazu, ruhig zu antworten.

„Die Klauen des Löwen stehen für die

unbesiegbare Macht Roms, ihr Trottel! Wie die Krallen des Falken schließen sie sich um den …"

Senator Samus blickt seine Kollegen verblüfft an.

„Woher kommt auf einmal der Falke?", flüstert er.

Der Diktator straft ihn mit einem vernichtenden Blick.

„… um den ganzen Kontinent! Nur nicht hier in Aremorica!", fährt Cäsar mit seiner Rede fort und stellt das Häuschen unsanft zurück auf das Modell. „Wo eine Handvoll unbeugsamer Gallier den Kaiserlichen Adler am Schnabel herumführen …!" „Hat irgendjemand ein Problem mit dem Kaiserlichen Adler?", fragt er plötzlich und blickt seine Senatoren misstrauisch an.

Diesmal halten die drei Männer lieber den Mund. Sie fürchten den Zorn des Diktators und warten folgsam ab, was noch kommt.

„Wenn diese Barbaren Rom zurückweisen, wird Rom zu ihnen kommen!", endet Cäsar und klatscht zweimal in die Hände.

Auf dieses Signal hin hebt sich aus dem Dorfmodell ein Viereck. Darunter taucht der Kopf eines jungen Römers auf.

„War es das? Sind wir so weit?“, fragt er Cäsar.

Der Diktator nickt seufzend. Er ist wirklich nur von Stümpern umringt ...

Sofort taucht der junge Mann wieder unter das Modell und setzt einen komplizierten Mechanismus in Gang. Dabei werden in dem Modell rings um das gallische Dorf automatisch alle Bäume des Waldes durch imposante römische Gebäude ersetzt.

Cäsar ist anzusehen, wie sehr ihn diese Simulation freut. Ein Lächeln umspielt seine schmalen Lippen.

„Das da ist der Biss der Schlange! Ihr kostbarer Wald soll der römischen Zivilisation weichen! Sie müssen sich anpassen – oder verschwinden!“, schließt er seine Rede. Dann bricht er in teuflisches Gelächter aus.

Währenddessen kriecht der junge Römer unter dem Modell hervor. Als er an den Diktator

herantritt, nutzt dieser die Gelegenheit, ihn den Senatoren vorzustellen.

„Das ist Quadratus, ein junger Architekt, dem ich den Bau dieser herrlichen Stadt anvertraut habe!"

Die drei Senatoren sagen dazu nichts – entweder aus Bewunderung oder weil sie nichts mit Cäsars Plänen anzufangen wissen. Da gesellt sich ein vierter Senator applaudierend zu ihnen.

„Bravo!", ruft er begeistert. „Wunderbar! Wie willst du deine glorreiche Stadt nennen, Cäsar?"

Quadratus schielt verlegen zum Diktator hinauf.

„Anfangs dachte ich an –", setzt Quadratus an.

„Nein, das war dumm!", unterbricht ihn Cäsar. „Hast du einen Vorschlag, Mietfundus?", fragt er den Senator, der eben hinzugekommen ist.

Der vierte Senator wartet, bis sich die drei anderen in ein Streitgespräch verwickelt haben. Als er sich seiner überlegenen Wirkung sicher ist, sagt er großspurig: „Was haltet ihr von ‚Das Land der Götter'?"

Natürlich ahnen die Gallier noch nichts von Cäsars finsteren Plänen. Während der Unterredung im Kaiserpalast sind Asterix, Obelix und Idefix im Wald unterwegs auf der Jagd. Idefix stöbert ein schlafendes Wildschwein auf. Schnurstracks stürzt er sich auf das wilde Tier, obwohl es viel größer ist als er und bestimmt zwanzigmal schwerer. Aber sofort erkennt das Wildschwein die Gefahr und rennt davon, so schnell es seine kurzen Haxen erlauben.

Aber umsonst: Kaum hat es einige Meter zurückgelegt, bemerkt das Schwein neben sich einen riesigen, leicht untersetzten Gallier. Das Wildschwein setzt alles auf eine Karte und schlägt einen Haken nach links. Doch diesmal versperrt ein blonder schnurrbärtiger Knirps den Weg!

„Das da ist für dich, Obelix!“, ruft Asterix und wirft seinem Freund im Rennen das Wildschwein zu, das dieser auffängt.

„Natürlich ist das für mich! Ich hab es zuerst gesehen. Außerdem hat es Angst vor mir, nicht vor dir!“

Spöttisch hebt Asterix eine Augenbraue.

„Woher weißt du das? Habt ihr euch etwa unterhalten? Hast du dich nicht schon einmal gefragt, ob ich dir vielleicht all die Wildschweine vor die Nase treibe?“ Dabei nimmt er Obelix das Wildschwein wieder ab.

„Ach so!“, regt sich Obelix auf. „Hörr Asterix ist also unentbehrlich!“

Die beiden Gallier liefern sich im Laufen ein heftiges Wortgefecht und reißen sich dabei abwechselnd das verdutzte Wildschwein aus den Armen. Schließlich fällt Asterix zurück. Er nimmt einen Schluck Zaubertrank, um sich zu stärken. Obelix, daran sei hier erinnert, war als kleines Kind in den Zaubertrankkessel geplumpst, weswegen er nun übermenschliche Kräfte besitzt. Dank des Zaubertranks kann Asterix wieder aufholen. Fast hat er seinen Freund eingeholt, als dieser der Länge nach zu Boden schlägt. Sofort nutzt das Wildschwein die Chance, abzuhauen.

„Was war denn das, beim Teutates?“, ärgert sich Obelix.

Asterix untersucht mit Idefix den Waldboden, um herauszufinden, warum der Gallier gefallen ist. Er entdeckt eine Schnur, die in Schienbeinhöhe zwischen zwei Pflöcke gespannt ist. Doch was kann das sein mitten im Wald?

Sie entdecken, dass sich im Wald ganz viele dieser Pflöcke mit der gespannten Schnur befinden. Auf einer Lichtung erwartet sie eine große Überraschung. Hier sind drei Römer mitten bei der Arbeit. Einer von ihnen ist der junge Architekt Quadratus, den Cäsar für sein Bauprojekt angeheuert hat. Gerade misst er das Areal mit großen Schritten ab. Dabei zählt er laut, während die beiden anderen Männer weitere Schnüre spannen.

Quadratus ist so sehr in seine Aufgabe versunken, dass er geradewegs auf die beiden Gallier zuläuft, ohne sie zu bemerken.

„... 124, 125 ... Verzeihung!“, ruft er, damit er freie Bahn hat.

Nach einigen Schritten bleibt der junge Architekt vor einem Baum stehen und ritzt mit einem Messer ein großes Kreuz in die Rinde.

„Das ist der erste Baum, der gefällt wird!“, verkündet er.

Doch das kann Idefix nicht auf sich sitzen lassen! Sofort springt er herbei, um den Römer in den Po zu beißen!

„AUA!“, schreit Quadratus schmerzverzerrt und versucht vergeblich, den kleinen Hund abzuschütteln.

„Ihr dürft den Bäumen nichts tun“, erklärt Obelix dem Römer. „Idefix mag das gar nicht!“

„Verschwindet!“, befiehlt der Architekt. „Das Betreten der Baustelle ist streng untersagt! Ist das klar?“

Die beiden Gallier gehorchen, aber Obelix lässt es sich nicht nehmen, dem zeternden kleinen Römer vorher noch eine saftige Ohrfeige zu verpassen.

Zurück im Dorf, wollen Asterix und Obelix ihrem Chef Majestix von ihrer merkwürdigen Begegnung im Wald berichten. Allerdings herrscht ziemliches Chaos im Dorf. Wie so oft ist gerade

eine große Prügelei im Gange wegen gammeliger Fische.

Majestix lässt sich wegen des Berichts über die Römer und ihre Schnüre nicht aus der Ruhe bringen. Immerhin weckt die Baustelle im Wald aber das Misstrauen des Druiden Miraculix. Er trägt Asterix und Obelix auf, ein Auge auf sie zu haben. Schließlich kann man ja nie wissen …

KAPITEL 2

REIN IN DEN WALD, RAUS AUS DEM WALD

Ganz in der Nähe des Dorfes von Asterix und Obelix hallt die empörte Stimme von Quadratus durch das Römerlager Babaorum.

„Es ist unzumutbar, dass solche Barbaren Cäsars Pläne durchkreuzen!", herrscht der Architekt Hasenfus an, den Zenturio des Lagers.

Ein Arzt ist gerade dabei, dem Architekten den Kopf zu verbinden. Leider hat Quadratus ein wenig unter der Begegnung mit den oben erwähnten Barbaren gelitten …

„Ich hatte dich gewarnt“, seufzt Hasenfus. „Die Gallier mögen es überhaupt nicht, wenn jemand durch ihren Wald spaziert!“

„*Ihren* Wald?“, wiederholt der Architekt in Rage. „Bei Juno, wo sind wir denn hier?“

„Na, bei ihnen zu Hause“, erwidert der Zenturio, „das ist ja das Problem …“

Quadratus’ Wutanfall wird durch die Ankunft eines Vorarbeiters unterbrochen.

„Ave, Zenturio!“, ruft der zur Begrüßung.

„Was gibt’s, Wilzegeldarbeitenmus?“, erkundigt sich Hasenfus.

„Die Sklaven beschweren sich, weil sie nichts zu tun haben“, meldet der Römer.

Der Zenturio seufzt verärgert. Warum muss er alles immer fünfzigmal erklären?

„Die Tätigkeiten sind momentan eingestellt, um die Baustelle abzusichern“, erläutert er.

Der Vorarbeiter starrt ihn verständnislos an. Natürlich hat er kein Wort begriffen. Enttäuscht verlässt er das Zelt, während sich der Zenturio an Quadratus wendet.

„Um den Galliern aus dem Weg zu gehen, gibt es nur eine Lösung: Wir müssen nachts arbeiten!“, erläutert er seinen Plan.

Gesagt, getan! Am nächsten Abend begibt sich Hasenfus nach Einbruch der Dunkelheit wieder zu der Lichtung. Er wird begleitet von dem Architekten und dem Vorarbeiter. Sie machen halt an dem markierten Baum, der als Erstes gefällt werden soll. Die Sklaven stehen bereits in den Startlöchern, um die große Eiche zu fällen. Sie haben zig lange Seile um den Baum gewickelt, um ihn auf ein Signal hin umzureißen.

Der Sklavenanführer Duplikatha fragt Hasenfus verunsichert:

„Verzeiht, Zenturio, wir wissen nicht genau, meine Mitarbeiter und ich – sollen wir jetzt anfangen?“

„Wie oft muss ich's noch wiederholen?“, zischt Hasenfus. „Wartet auf mein Signal! Wenn ich den Arm hebe, könnt ihr loslegen.“

Quadratus fällt es sichtlich schwer, diese

Geduld aufzubringen. „Worauf warten wir denn noch, beim Jupiter?!“, poltert er los.

Hektisch signalisieren Hasenfus und die Soldaten dem Architekten, gefälligst still zu sein.

„Ich warte auf den Bericht meiner Späher“, erklärt der Zenturio.

Der Soldat Cubitus nutzt die Gelegenheit, an Hasenfus heranzutreten, um sich zu beschweren:

„Wir finden, meine Kameraden und ich, dass der kleine Architekt zu viel Lärm macht. Das ist gefährlich!“

Wütend hebt der Zenturio den Arm, um ihm zu befehlen, ins Glied zurückzutreten. Doch dummerweise halten die Sklaven seine Geste für das vereinbarte Signal.

Sofort ziehen sie am Seil und entwurzeln den Baum, der mit fürchterlichem Krachen zu Boden geht. Außer sich vor Zorn eilt der Zenturio hinzu, als aus den Zweigen des ausgerissenen Baumes zwei Soldaten auftauchen.

„Ave, Zenturio! Die Späher melden sich zurück!“, flüstern sie.

Mit ungläubigen Augen mustert Hasenfus die beiden Römer.

„Wo kommt ihr denn her?“, will er wissen.

„Na, von dort!“, antwortet der Erste und deutet auf die Baumkrone.

„Und was habt ihr dort ausgespäht?“, fragt Hasenfus skeptisch.

Mit ängstlicher Miene erklärt der Zweite: „Wir dachten, wir entfernen uns lieber nicht so weit ... wegen der Gallier!“

Kaum hat der Späher diese Worte ausgesprochen, geht eine Welle der Panik durch alle Reihen. Ein Soldat bläst zum Rückzug. Zur Sicherheit hat er seiner Trompete aber zuvor einen Schalldämpfer aufgesetzt, um diskret zu bleiben. Blitzartig nehmen alle Römer Reißaus.

„Kommt sofort zurück, ihr Schwachköpfe!“ brüllt Hasenfus ihnen hinterher.

Kurz darauf jagen Asterix, Obelix und Idefix wieder Wildschweine. Eigentlich ist also alles wie jeden Tag. Doch auf der Lichtung angekommen,

ist Idefix der Erste, der die Katastrophe entdeckt: der riesige Baum, gefällt am Boden. Jaulend wirft er sich auf den Rücken.

Asterix untersucht den Baumstamm näher und entdeckt das Kreuz, das der Architekt am Vortag eingeritzt hat.

„Das waren die Römer …“, murmelt er.

Obelix hält sich nicht damit auf, die Ursache des Problems zu suchen. Er macht sich direkt an die Lösung: Er schnappt sich den Baum, richtet ihn mühelos auf … und pflanzt ihn wieder ein!

„So, Idefix“, verkündet er. „Alles wieder in Ordnung!“

Am nächsten Abend kehren die Römer zur Baustelle auf der Lichtung zurück.

„Für alle, die nur Pflaumenmus im Kopf haben, sag ich's noch einmal!“, fängt Hasenfus an. „Wenn ihr glaubt, wir geben uns mit einem einzigen Baum pro Nacht zufrieden, habt ihr euch geschnitten bis in den Cubitus!“

„Hier!“, meldet sich ein Soldat.

Der Zenturio verdreht die Augen. „Nicht du, Cubitus!“, zischt er genervt.

„Und ihr“, fügt er an die Sklaven gewandt hinzu, „steht da nicht so herum wie Steinpilze!“

„Wo ist der Baum, den wir gestern ausgerissen haben?“, fragt er Duplikatha, den Anführer der Sklaven.

„Ich habe keine besonders gute Nachricht“, berichtet er. „Der Baum ist nicht mehr ausgerissen. Er wurde wieder eingepflanzt.“

„Wieder eingepflanzt?“

Jetzt reißt Quadratus endgültig der Geduldsfaden.

Der junge Römer folgt mit den Augen dem Zeigefinger von Dupikatha. Verblüfft entdeckt er das eingeritzte Kreuz in der Rinde des Baumes, der gleich neben ihnen steht.

„Das ist nicht wahr!“, brüllt der Architekt.

Die Baustelle in Aremorica sollte ihm doch zu Ruhm und Reichtum verhelfen … Stattdessen scheint sie sich gerade in einen Albtraum zu verwandeln!

Am liebsten würde Hasenfus auf den Fersen kehrtmachen. Schließlich können selbst die römischen Legionen nichts gegen ein Wunder ausrichten! Doch Quadratus hält ihn zurück.

„Diesen Baum reißen wir nun ein für alle Mal aus! Und wir schaffen ihn sofort ins Lager, um sicherzugehen, dass ihn niemand mehr einpflanzt!“, schnauzt Quadratus ihn an.

Der junge Römer ahnt nicht, dass Asterix, Obelix und Idefix im Gebüsch versteckt sind und alles mitverfolgt haben. Und dass der Druide Miraculix Mittel kennt, um seine Pläne zu durchkreuzen …

Zurück im Dorf, händigt Miraculix Asterix und Obelix ein paar besondere Eicheln aus: Sobald man sie zu Boden wirft, keimen sie und wachsen zu mächtigen Eichen. Damit kann jeder Baum, der von den Römern ausgerissen wird, sofort ersetzt werden!

Eine ganze Woche lang wiederholt sich nun dasselbe Schauspiel. Nachts roden die Römer

Bäume und schaffen sie anschließend ins Lager … Tagsüber pflanzen Asterix und Obelix die Zaubereicheln und beseitigen so jede Spur der Baustelle!

Alles läuft wie am Schnürchen (aus Sicht der Gallier zumindest). Abgesehen von einem kleinen Zwischenfall: Aus Versehen lässt Obelix eine Eichel in Asterix' Hütte fallen. So wird dieser unverhofft zum (un)glücklichen Eigentümer eines gallischen Baumhauses im Wipfel einer Eiche!

Cäsar kann es natürlich nicht lange verborgen bleiben, dass sich die Arbeiten für seine römische Stadt schnell in ein Desaster verwandelt haben. Den vier vorgeladenen Senatoren erklärt er:

„Die Baustelle vom ‚Land der Götter' kommt kein bisschen voran, und die Römer haben nicht die geringste Lust, dort zu wohnen."

Die Senatoren versuchen, sich mit stammelnden Erklärungen zu rechtfertigen. Doch das lässt den Diktator erst recht explodieren. Wütend wirft er eine Schale mit Obst nach ihnen und fordert:

„Findet gefälligst eine Lösung, ihr unfähiges Pack! Oder ihr endet in der Arena bei den Löwen!"

Da erscheint auf dem Gesicht von Senator Mietfundus ein Lächeln.

„Die Arena … Was für eine hervorragende Idee, o Cäsar …!"

KAPITEL 3

EIN VERGIFTETES GESCHENK

In der Arena in Rom bejubelt das Publikum die Gladiatoren beim Kampf. Gerade spielt ein kleiner Junge namens Apeldjus mit Holzfiguren auf der Zuschauertribüne des Circus.

„Hilfe, Herkules, rette mich! – Ich bin's, Herkules! – Hüte dich, böser Trojaner!", lässt er seine Figuren sagen, während sie aufeinander einschlagen.

Sein Vater Keinbonus neben ihm seufzt: „Muss es bei dir immer Massaker geben?"

„Lass ihn doch, er amüsiert sich nur!“, beschwichtigt seine Frau, die schöne Dulcia.

Verständnislos schaut Keinbonus hinunter zu den kämpfenden Gladiatoren in der Arena.

„Ich weiß wirklich nicht, woher er das nur hat …“, murmelt er.

Unten im Sand scheinen die beiden Kämpfer heftig aufeinander einzuschlagen. Doch wenn jemand näher käme, würde er staunend hören, wie freundlich die beiden Männer zueinander sprechen.

„Machen wir einen doppelten Wurf oder einen dreifachen?“, erkundigt sich höflich der Erste, ein Numide.

„Einen doppelten!“, antwortet der andere, ein Gote, und packt seinen Gegner.

Beide heben sie vom Boden ab, dann rammt der Gote den Numiden mit dem Kopf voran in den Sand.

Anschließend landet er selbst daneben und erkundigt sich besorgt: „Was machen eigentlich die Bandscheiben? Geht's besser?“

„Klar, ich muss nur heftige Bewegungen vermeiden“, haucht der Numide, der im Klammergriff des anderen Gladiators nach Luft ringt.

Und so geht der Kampf weiter: Zum Enztücken der römischen Zuschauermenge scheinen die beiden Männer von außen betrachtet einen abgrundtiefen Hass aufeinander zu hegen. Doch im Sand gleichen sie zwei Schauspielern, die ihrem Publikum eine Vorstellung geben.

Allerdings entscheidet das Publikum in Rom über Leben und Tod der Gladiatoren. Heute steht die Menge auf der Seite das Numiden! Darum soll er dem Goten den Gnadenstoß versetzen.

„Tut mir leid, Alter …“, flüstert er und holt aus.

„Sei so gut und mach es gleich beim ersten Mal richtig!“, antwortet der Gote ergeben.

Plötzlich schallen Trompeten durch die Arena.

„Eine Werbeeinlage!“, ruft der Numide und hilft dem anderen Gladiator aufzustehen, begleitet von den Buhrufen des Publikums.

„Man kann nicht mal mehr in Ruhe arbeiten …“, seufzt der Gote.

Die beiden Männer verlassen das Rund der Arena, um Platz zu machen für Senator Mietfundus. Dieser setzt seine zuvorkommendste Stimme auf und hebt die Arme zum Zeichen, dass er etwas verkünden möchte.

„Römer, Römerin! Hast du genug vom miesen Gestank der Stadt? Vom Lärm? Vom Getümmel?“

Zustimmendes Raunen durchläuft die Tribünen. Verwundert schaut sich Keinbonus um. Ihm gefällt es in Rom schließlich sehr gut.

„Dann bietet sich dir ein Hafen der Ruhe!“, fährt Mietfundus fort. „Eine neue Stadt mitten im Grünen, nicht einmal drei Wochen von Rom entfernt! Einem von euch schenkt der göttliche Cäsar heute eine herrliche Wohnung im ‚Land der Götter‘!“

Beifall brandet auf, während Mietfundus die Regeln der Verlosung erläutert: Jeder Zuschauer findet neben sich auf dem Boden ein Unfaltblatt, das heißt eine Steintafel, mit Werbetexten für die neue Siedlung sowie einer eingravierten Zahl. Derjenige, dessen Nummer von Cäsar ausgelost wird, ist glücklicher Besitzer der neuen Wohnung.

„Schau mal, Liebling, die ist ja zauberhaft!“, ruft Dulcia entzückt.

„Mag sein“, brummelt Keinbonus, „aber das ist in Aremorica! Und Aremorica ist weit weg!“

Das Publikum hält den Atem an, während der Diktator die Ziehung vornimmt. Endlich verkündet Mietfundus mit bedeutungsvoller Stimme: „Der glückliche Gewinner ist die Nummer … II!“

Dulcia springt vor Freude auf: „Das ist die Nummer von Keinbonus!“

„Hier!“, brüllt sie. „Das sind wir!“

Widerwillig trottet ihr Gatte hinunter zum Senator in die Arena.

„Halte die Nummer hoch und lächle!“, raunt ihm Letzterer im Befehlston zu.

Keinbonus gehorcht und flüstert: „Was ist, wenn ich mich weigere hinzugehen?“

„Dann bleibst du hier, und wir lassen die Löwen los“, wispert Mietfundus.

Unterdessen tobt in Aremorica der Kampf zwischen denen, die Bäume ausreißen, und denen,

die sie wieder einpflanzen. Doch langsam sind sowohl die Römer als auch die Sklaven am Ende ihrer Kräfte angelangt. Der Zenturio ist mit auf die Lichtung gekommen, um den Fortschritt der Arbeiten zu begutachten. Leider muss er feststellen, dass sie keinen Deut vorangekommen sind. Nicht die geringste Spur von einer Baustelle!

„Gut!“, entscheidet Hasenfus. „Es wird Zeit, mit dem Quatsch aufzuhören. Du kehrst jetzt brav nach Rom zurück und erklärst den Herrschaften dort, dass der Spaß vorbei ist.“

„Niemals!“, erwidert Quadratus, den Tränen nahe. „Cäsar hat mir einen Auftrag gegeben, und den führe ich auch aus, selbst wenn ich dafür alle Sklaven zu Tode schinden muss!“

Erschreckt zucken Asterix, Obelix und Miraculix im Gebüsch zusammen. Die Auseinandersetzung hat eine Wendung genommen, die sie nicht beabsichtigt hatten …

Am nächsten Morgen erzählen sie im Dorf ihrem Chef Majestix, was sie in der Nacht gehört haben.

„Die Sklaven zu Tode schuften lassen?", murmelt Majestix besorgt.

„Das wird geschehen, wenn wir weiter die Bäume nachpflanzen!", ruft Asterix.

Der weise Miraculix, der in schwierigen Situationen immer eine gute Lösung parat hat, sucht nach einer Lösung.

„Mal überlegen …", murmelt der und streicht sich über den Bart.

„Ich hätte ja eine Idee", mischt sich Obelix zaghaft ein. „Aber sie wird euch nicht gefallen …"

Plötzlich hebt Majestix einen Finger.

„Wie wäre es, wenn wir ihnen eine ordentliche Tracht Prügel verpassen?"

„Genau!", ruft Obelix entzückt. „Das war meine Idee!"

Mit einem schelmischen Funkeln in den Augen schüttelt Miraculix den Kopf. Er hat einen Plan, mit dem sie einerseits die Sklaven schützen und andererseits die Römer daran hindern können, den schönen gallischen Wald zu fällen …

„Er wird dir gefallen, Obelix, weil dies ein Plan

ist, in dem eine Prügelei vorkommt“, erläutert er. „Aber nur eine *kleine* Prügelei!“

Der Gallier zieht ein schiefes Gesicht.

„Gibt es so was?“, fragt er sich unschuldig.

KAPITEL 4

EINE KLEINE PRÜGELEI

Im Römerlager Babaorum ist es ein ganz gewöhnlicher Tag. Zwei Soldaten halten hinter dem schweren Holztor Wache, als sich plötzlich ein Flügel einen Spaltbreit öffnet. Der Kopf eines kleinen schnurrbärtigen Galliers taucht auf.

„Verzeihung“, sagt Asterix höflich. „Könntet ihr mir bitte sehr zeigen, wo die Sklaven untergebracht sind?“

Die verblüfften Legionäre haben keine Zeit zu antworten. Schon werden sie unter dem umkippenden Tor begraben, das Obelix aufgestoßen hat.

„Guten Tag!“, verkündet er. „Ihr könnt euch gar nicht vorstellen, wie gut meine Laune heute ist!“

Die beiden Gallier gehen durch das Römerlager. Dabei lassen sie alle, die ihnen in die Quere kommen, durch die Luft sausen, einschließlich Hasenfus und Quadratus. Ohrfeigen auszuteilen ist schließlich die Lieblingsbeschäftigung von Obelix. Darum ist er auch fast enttäuscht, als sie recht bald beim Käfig der Sklaven eintreffen.

Sie verschaffen sich Zugang und erklären dem verdutzten Duplikatha, was sie mitgebracht haben.

„Hier hast du den Zaubertrank, der übermenschliche Kräfte verleiht!“, erläutert Asterix und hält Duplikatha eine Amphore hin.

„Sollen wir ihn nicht vorher probieren, nur um sicherzugehen?“, versucht es Obelix.

Asterix schüttelt den Kopf und fährt mit seinen Erklärungen fort: „Ihr müsst nur noch meutern und fliehen! Ihr seid frei!“

Doch Duplikatha reagiert nicht ganz so, wie es die Gallier erwartet haben.

„Zunächst einmal möchte ich euch natürlich danken“, sagt er höflich. „Doch ist Flucht wirklich ein Ausweg? Wäre dies nicht vielmehr eine andere Form von Sklaverei?“

Obelix macht ein verblüfftes Gesicht, während sich Asterix am Kinn kratzt und dann besonnen antwortet: „Es wäre vielmehr der Beginn einer Form von Freiheit …“

Im selben Stil geht der Wortwechsel zwischen den beiden Männern weiter, sodass bei Obelix, der von diesem philosophischen Streitgespräch kein Wort versteht, langsam die Wut hochsteigt. Endlich platzt ihm der Kragen. Er reißt Astrix die Amphore mit Zaubertrank aus der Hand und drückt sie Duplikatha in die Arme.

„Nimmst du den Zaubertrank, oder soll ich dir eine kleben?“

„Einverstanden!“, antwortet Duplikatha mit seiner typisch salbungsvollen Stimme.

Obelix muss sich zusammenreißen, um ihm

nicht eine Ohrfeige zu verpassen, und kehrt ihm lieber den Rücken. Mit Asterix verlässt er das Lager. Ihr Auftrag ist erledigt!

Im Zelt des Zenturios rappeln sich Hasenfus und Quadratus mühsam wieder auf. Noch bevor sie begriffen haben, was eigentlich passiert ist, haben sich schon alle Sklaven vor ihnen aufgebaut.

„Das ist jetzt nicht der richtige Moment!“, fängt Hasenfus an.

Diesmal ist Duplikathas Antwort weder gemessen noch höflich. Nein, vielmehr greift der Numide zur gallischen Methode! Mit einer Ohrfeige, deren Wirkung durch den Zaubertrank vervielfacht ist, katapultiert der Anführer der Sklaven den Zenturio mehrere Meter in die Höhe. Als er auf dem Stuhl landet, den Duplikatha freundlicherweise an die richtige Stelle gerückt hat, ist er eher geneigt zu verhandeln …

Der Numide packt den mächtigen Holztisch des Zenturios, stellt ihn mühelos wieder auf und

nimmt an ihm Platz. Ihm gegenüber sitzen Hasenfus und der Architekt. Die anderen Sklaven stellen sich gelassen hinter ihn.

„Ab heute“, erklärt Duplikatha, „erhalten wir denselben Sold wie die Soldaten. Wir wollen auch Urlaub, zwei, nein, drei Mahlzeiten am Tag ...“

„Ist das alles?“, fragt der Zenturio eine Spur genervt.

Doch die Liste mit den Forderungen der Sklaven ist noch längst nicht zu Ende. Sie verlangen außerdem, freigelassen zu werden, sobald das erste Gebäude im ‚Land der Götter‘ steht! Einer der Sklaven wirft bei dieser Gelegenheit ein, dass sie auch über Unterkünfte verfügen sollten. Das ist zu viel für Quadratus. Empört ruft er: „Darauf gehst du doch wohl nicht ein?“

Zur großen Überraschung des Architekten nickt der Zenturio. Er ist noch zu erschöpft von den Schlägen, die er eingesteckt hat.

„Doch, das scheint mir klüger.“

Nachdem der Zenturio und die Sklaven diese alles in allem recht vernünftigen Abmachungen

getroffen haben, kann die Arbeit an dem ‚Land der Götter' endlich beginnen. Immerhin besitzt die Sklaventruppe jetzt noch ein fantastisches Hilfsmittel: den Zaubertrank!

Die Steine und Baumstämme fliegen nur so von einem Arbeiter zum anderen, als ob sie leicht wie Federn wären. Im Handumdrehen ist der Wald gerodet … Und schon wächst das erste Gebäude aus dem Boden!

Vor Hasenfus und Quadratus ragt jetzt ein imposantes römisches Mietshaus auf.

„Das ist gute Arbeit, oder?", beglückwünscht sich der junge Architekt.

Quietschfidel begutachten die beiden Männer die Fortschritte, die einem Wunder gleichkommen. Da stellt sich ihnen Soldat Cubitus in den Weg.

„Zenturio! Man munkelt, dass du allen Sklaven denselben Sold gibst wie uns? Kannst du bestätigen, dass das Quatsch ist?"

Hasenfus seufzt, weil er die ewigen Beschwerden der Soldaten satthat. Zu seinem Glück schießt im selben Moment ein Wildschwein vor

ihm aus dem Gebüsch. Und zwar nicht irgendein Wildschwein. Nein, es wird von Asterix und Obelix gejagt!

Wie angenagelt bleiben die beiden Gallier vor dem nagelneuen Gebäude stehen. Der Zenturio und der Architekt haben sich „mutig“ hinter ein Gebüsch verdrückt. Dafür bemerken Asterix und Obelix Duplikatha mit den anderen Sklaven, die auf der Baustelle arbeiten.

„Was macht ihr da?“, fragt Asterix sie wütend.

„Nun, wir haben lange diskutiert“, erklärt der Anführer der Sklaven. „Dabei kam heraus, dass die Lebensumstände eines Sklaven auf der Flucht nicht unbedingt die vielversprechendsten Karriereaussichten darstellen …“

Die Gallier trauen ihren Ohren nicht, als Duplikatha ihnen die Abmachung erläutert, die er mit den Römern getroffen hat: Um freie römische Bürger zu werden, müssen sie dieses Gebäude fertigstellen.

Asterix reißt der Geduldsfaden.

„Der Spaß hat lange genug gedauert!“, brüllt

er. „Wir können nicht zulassen, dass ihr unseren Wald vernichtet. Du solltest mit deinen Männern lieber verschwinden. Wenn wir zurückkommen, machen wir diese Baustelle dem Erdboden gleich!"

Im Dorf macht sich alles bereit zum Kampf. An alle wird Zaubertrank ausgeschenkt (außer natürlich an Obelix!). Die Gallier sind so begierig darauf, in die Schlacht zu ziehen, dass sie nicht einmal ihrem Chef zuhören, der einsam auf seinem Schild eine Rede schwingt.

„Wir zertrümmern alles, was uns in die Quere kommt, dann kann nichts schiefgehen!", bestimmt der alte Methusalix und schwingt dabei seinen Krückstock. Das ganze Dorf setzt sich in Bewegung, an der Spitze Asterix und Obelix. Bald kommt das ‚Land der Götter' in Sicht.

„AAANGRIFF!", brüllt Obelix und rennt los.

Doch plötzlich macht der Gallier eine Vollbremsung, was in der Truppe zu einer Massenkarambolage führt. Vor ihm auf dem Weg sitzt …

ein blond gelocktes römisches Baby, das ihn mit großen Kulleraugen ansieht.

Obelix ist sprachlos. Die Gallier schauen den Weg hinunter und entdecken ein unerwartetes Schauspiel: Zu Dutzenden drängen sich römische Zivilisten vor dem Eingang der neuen Siedlung. Plaudernd stehen Männer, Frauen und Kinder Schlange.

„Können wir das große Haus jetzt kaputtmachen?“, fragt Obelix, als er die Sprache wiederfindet.

„Nein“, antwortet Asterix bestimmt. „Das sind Zivilisten.“

Enttäuscht senken die Gallier ihre Köpfe.

„Los, Kinder, zurück nach Hause“, ordnet Majestix traurig an.

KAPITEL 5

DIE INVASION

Im ‚Land der Götter' sind die ersten Familien aus Rom eingetroffen und warten auf die Bearbeitung ihrer Papiere. Quadratus zeichnet nacheinander die Dokumente ab und händigt die Schlüssel zu den neuen Wohnungen aus. Gleichzeitig posiert er für einige Mosaikleger, die versuchen, sein Porträt an der Wand anzubringen.

Endlich ist Keinbonus mit seiner Familie an der Reihe. Doch das Unfaltblatt, das der Römer über den Schreibtisch reicht, erklärt Quadratus für unzureichend.

„Ich brauche eure Besitzurkunde!", fordert er.

„Aber Cäsar persönlich hat uns eine Wohnung im ‚Land der Götter' geschenkt!“, protestiert Dulcia.

Der Architekt setzt zu einer Antwort an, doch der wütende Mosaikarbeiter kommt ihm zuvor: „Zappelt doch nicht dauernd! Sonst werden wir nie fertig!“

Keinbonus hebt den Kopf und mustert die Wand.

„Bei Eurem Mosaik gibt es ein Problem!“, bemerkt er. „Es ist viel zu groß, und an einigen Stellen ist es nicht richtig fixiert ...“

„An der Eingangshalle gibt es rein gar nichts auszusetzen!“, stellt Quadratus klar, ohne richtig zuzuhören. „Ich kann dir keine Wohnung zuweisen, solange deine Unterlagen unvollständig sind. Danke und guten Tag. DER NÄCHSTE!“

Verzagt verlassen Keinbonus, Dulcia und ihr Sohn Apeldjus die neue Siedlung und ziehen ab in den Wald. Nach Hause zurückzukehren würde Wochen dauern, und sie haben keine Ahnung, wo sie hier unterkommen können.

„Was ist, wenn wir auf gallische Barbaren stoßen?“, sorgt sich Dulcia und blickt sich furchtsam um.

Einige Meter hinter ihnen spielt der kleine Apeldjus friedlich mit seinen Holzfiguren. Er hebt einen Stock auf, wirft ihn fort und ruft: „Passt auf, böse Tojaner! Diese Kolonne wird euch zermalmen!“

Doch am Ende seiner Flugbahn trifft der Stock nicht auf ängstliche Trojaner, sondern auf einen kleinen, schwanzwedelnden Hund. Es ist Idefix!

Entzückt rennt der junge Römer hinter dem Hund her und stößt bald mit Obelix zusammen. Beeindruckt fragt Apeldjus: „Darf ich mit dem Hündchen spielen?“

„Natürlich!“, entgegnet Obelix freundlich.

Er erklärt dem Jungen, dass er schon seit Wochen versucht, seinen Hund darauf abzurichten, Hinkelsteine zu apportieren. Und sofort will er das auch vorführen: Mit geschmeidigem Schwung schleudert er einen Hinkelstein von sich!

Gehorsam rennt Idefix hinterher. Da der

Hinkelstein gleich neben Keinbonus und Dulcia aufschlägt, macht Obelix auch ihre Bekanntschaft. Er beschließt, sie ins Dorf mitzunehmen.

Doch die kleine Gruppe trifft dort Gallier an, die wegen der entgangenen Schlacht sehr aufgebracht sind. Mit finsteren Gesichtern mustern sie die römische Familie.

„Das sind Freunde“, erklärt Obelix. „Sie wissen nicht, wohin sie gehen sollen …“

„Das ist die Höhe!“, ruft Methusalix. „Als sich zum letzten Mal ein Römer hierher getraut hat, war ich noch nicht geboren!“

„Ob Zivilisten oder nicht, mit Römern im Dorf bin ich auf keinen Fall einverstanden!“, fügt der Schmied Automatix hinzu.

Als Majestix in einer Tirade theatralisch auf die „Eindringlinge“ zeigt, klatscht ihm ein Huhn mitten ins Gesicht. Verblüfft wendet er den Kopf. War es doch tatsächlich seine eigene Frau Gutemine, die ihn angegriffen hat!

Mit verschränkten Armen blickt sie ihn finster an, dann wendet sie sich Apeldjus zu.

„Eine Familie ist eine Familie!“, verkündet sie. „Der Kleine muss ja vor Hunger sterben. Los, kommt essen!“

Schüchtern betreten Dulcia und Apeldjus Gutemines Hütte, während die Männer Bekanntschaft schließen.

„Asterix, Krieger im Dorf.“

„Keinbonus, Mosaikleger.“

Obelix verspricht, sich darum zu kümmern, der römischen Familie eine Unterkunft zu besorgen. Asterix dagegen seufzt: „Wir müssen einen Weg finden, die Zivilisten aus dem ‚Land der Götter‘ loszuwerden ... Ohne sie zu verprügeln.“

Sofort keimt im Kopf von Miraculix eine Idee auf.

Wenig später versteckt er sich mit Asterix und Obelix in der Nähe der neuen Siedlung. Mit einem alten Druidentrick lässt er einen sintflutartigen Platzregen auf die Römer heruntergehen. Diese List kommt genau im richtigen Moment. Gerade wollen die Zivilisten im Freien essen.

Doch zur Überraschung der Gallier sind die Römer entzückt.

„Na endlich! Der berühmte aremoricanische Regen!“, frohlockt ein Mann. „In Rom kommt man jetzt vor Hitze um.“

Doch so leicht lassen sich die Gallier nicht entmutigen. In der folgenden Nacht probieren sie eine neue Taktik: Diesmal dröhnt ein fürchterliches Hämmern durch das ‚Land der Götter‘. Obelix hat beschlossen, seine Hinkelsteine nun mitten in der Nacht zurechtzuhauen. Zwei Frauen stecken die Nasen aus dem Fenster und fragen sich, was da wohl los ist. Da niemand eine vernünftige Erklärung findet, beschließen sie:

„Pah! Wir versuchen trotzdem, zu schlafen! Schlimmer als in Rom kann es nicht sein!“

In der folgenden Nacht kehren Asterix, Obelix und Miraculix zurück mit einer Schubkarre verfaulter Fische, die sie vor dem ‚Land der Götter‘ auskippen. Der Gestank ist entsetzlich! Doch wieder wischen die Römer diese Unannehmlichkeit lachend beiseite.

Langsam gehen den drei Galliern die Ideen aus. Die Römer sind hartnäckiger, als sie dachten. Zumal die anderen Dorfbewohner gar nicht mehr so fest davon überzeugt sind, dass man die Römer vertreiben sollte: Mit den neuen Nachbarn blühen nämlich die Geschäfte!

Bei ihren Einkäufen am ersten Morgen nach ihrer Ankunft hatte Dulcia dem Fischhändler Verleihnix erzählt, dass die Makrelen in Rom fünf Sesterzen kosten, im Dorf dagegen nur einen einzigen … Es dauert nicht lange, und alle Römer im ‚Land der Götter' kaufen ihren Fisch bei ihm. Worauf der Gallier rasch seine Preise nach oben schraubt.

Doch er ist nicht der Einzige, für den die neue Kundschaft sehr einträglich ist. Auch der Schmied Automatix hat noch nie zuvor so viel verkauft.

Die neuen Kunden ergötzen sich sogar an den ewigen Streitereien zwischen dem Fischhändler und dem Schmied. Sie halten es für unterhaltsames Straßentheater.

Doch eines Morgens wird die Routine von zwei

Ereignissen unterbrochen. Zuerst erhält Keinbonus nach zahllosen Bemühungen endlich eine Wohnung in der neuen Siedlung. Zur Freude seiner Frau und seines Sohnes. Und dann stattet Senator Mietfundus der Baustelle einen Besuch ab. Entzückt vom Anblick, der sich ihm bietet, beglückwünscht er Hasenfus und Quadratus.

„Das war kein Zuckerschlecken, Senator!“, meint der Zenturio mit feinem Lächeln. Ihr hättet Quadratus letzte Woche sehen sollen … Ziemlich heruntergekommen!“

Das Gespräch wird von Duplikatha unterbrochen. Der Sklavenanführer will den Senator erst wieder gehen lassen, wenn er freigelassen wurde, wie der Zenturio versprochen hat.

Überrascht wendet sich Mietfundus an Hasenfus.

„Du hast den Sklaven versprochen, sie freizulassen?“

„Sonst hätte es Streit gegeben …“, erklärt der Zenturio.

Der Senator wendet sich wieder an die Sklaven.

„Bei der Macht, die mir von Cäsar, dem Senat, dem römischen Volk und dem ganzen Trallala verliehen wurde, entlasse ich, Senator Caius Appius Mietfundus, euch in die Freiheit!“

Duplikatha bedankt sich wärmstens, bis Mietfundus hinzufügt: „Vergesst nicht, die Schlüssel zu euren Wohnungen abzuliefern. Oder ihr zahlt fünfzehn Sesterzen Miete pro Woche!“

„Fünfzehn Sesterzen?“, wiederholt Duplikatha. „Na ja, immerhin …“

Der Senator beruhigt sie: Eben seien einige Stellen als Bauarbeiter frei geworden, mit einem Wochenlohn von fünfzehn Sesterzen. Überrumpelt gehen die Sklaven auf das Angebot ein. Und werden von Quadratus gleich auf die Baustelle zurückgeschickt.

„Man muss zugeben, dass Ihr Euer Handwerk versteht!“, flüstert Hasenfus bewundernd.

„Nein“, stellt Mietfundus klar. „Ich bin Senator.“

KAPITEL 6

DER VERRAT

Es ist Markttag im Dorf, und die Römer drängen sich in den Gassen. Praktisch alle Gallier sind jetzt Händler: Methusalix macht Automatix mit Antiquitäten Konkurrenz, der Barde Troubadix versucht sich als Fischhändler.

Ratlos treten Asterix und Obelix an den Stand von Verleihnix heran.

„Zwei Fische, bitte“, bestellt Asterix.

„Esst ihr jetzt Fisch?“, fragt der Fischhändler.

„Müssen wir wohl“, seufzt Obelix. „Seit die Römer hier aufgetaucht sind, findet man im Wald kein einziges Wildschwein mehr …“

„Macht vierzehn Sesterzen!", verkündet Verleihnix und hält ihnen zwei Makrelen hin.

Wütend fordert Asterix den Fischhändler auf, den Preis zu senken. Als der sich weigert, kauft er schließlich nur eine einzige Makrele. Die haut er Verleihnix um die Ohren und macht auf dem Absatz kehrt.

Obelix folgt ihm besorgt.

„Und der Fisch? Lassen wir den liegen? Ich krieg nämlich langsam Hunger und ..."

Asterix findet, die Entwicklung hat eine völlig falsche Richtung genommen. Um dem Treiben ein Ende zu bereiten, ruft er alle Gallier in der Hütte von Majestix zusammen.

„Ihr seid lächerlich mit euren Makrelen zu sieben Sesterzen!", erklärt er. „Hört mit dieser Komödie auf und helft uns lieber!"

„Um was zu tun?", fragt Majestix.

„Die Römer nach Hause zurückzuschicken!", ruft Asterix.

Verlegen blicken sich die Gallier an. Die Römer vertreiben, das ist im Prinzip ja gut und schön ...

Nur wenn Asterix das schafft, wer soll dann ihre herrlichen funkelnagelneuen Antiquitäten kaufen? Und ihre überteuerten Fische?

Im Namen aller ergreift der Häuptling des Dorfes das Wort:

„Es ist doch nichts Schlimmes dabei, ein paar gute Geschäfte zu machen …!“

„Schlimm ist“, regt sich Asterix auf, „dass aus euch eine Bande raffgieriger Schwachköpfe geworden ist!“

„Da besteht keine Gefahr!“, erwidert Automatix mit Überzeugung. „Wir können gar nicht raffgierig sein, wir wissen nicht mal, was das heißt!“

Asterix, der kurz davor war loszubrüllen, beruhigt sich plötzlich. Er hat eine Idee!

„Na gut“, verkündet er. „Wenn das so ist, ziehe ich in das ‚Land der Götter‘!“

Sofort treten Obelix und Miraculix vor. „Wir auch!“

Troubadix eilt sofort hinzu, um ein Abschiedsständchen anzustimmen. Doch bevor er einen

Ton herausbringen kann, versetzt ihm Automatix wie üblich einen Fausthieb auf den Schädel. Beleidigt rappelt sich der Barde auf.

„Wenn das so ist, gehe ich auch. Sicher wissen die Römer einen Künstler wie mich zu schätzen …“

Bald stehen die vier Gallier vor dem Schreibtisch des jungen Quadratus.

„Römer!“, verkündet Asterix. „Wir wollen eine Wohnung.“

Reflexartig versteckt sich der Architekt hinter seinem Schreibtisch. Dann kommt Senator Mietfundus herbeigeeilt.

„Guten Tag! Seid willkommen!“, begrüßt er die Neuankömmlinge mit einem breiten Lächeln.

Dann nimmt er den Architekten beiseite und flüstert: „Aber, Quadratus, du bist ja noch dümmer, als du aussiehst!“

„Was soll Cäsar dazu sagen?“, murmelt der junge Römer entrüstet.

„Was Cäsar sagt, wenn er erfährt, dass die Gallier wie die Römer leben wollen? Dass die

Irren ihr Dorf verlassen? Dass sein Plan besser funktioniert als gedacht?“

Langsam begreift der junge Römer. Aber es gibt da noch ein anderes Problem: Er hat bereits alle verfügbaren Wohnungen verteilt.

„Na, dann mach halt Platz!“, entscheidet der Senator.

Quadratus befolgt die Anweisung – und der arme Keinbonus bekommt als Erstes die Konsequenzen zu spüren. Kaum hat er sich mit seiner Familie in seiner Wohnung eingerichtet, kommen Soldaten, um sie wieder hinauszuwerfen. Er versteht die Welt nicht mehr.

Anstelle von Keinbonus und seiner Familie ziehen nun Asterix, Obelix, Miraculix und Troubadix in die Wohnung ein. Doch es fällt ihnen schwer, sich einzuleben. Sie fühlen sich völlig verloren in der ungewohnten Umgebung.

Wenn sie wüssten, was dieser Tage in Rom passierte ... Cäsar hat einen Bericht über die Ereignisse im ‚Land der Götter‘ erhalten.

„Wunderbar!“, freut er sich. „Das ist der richtige Moment, um ihnen den Rest zu geben!“

Er befiehlt, allen Galliern aus dem Dorf der Unbeugsamen im ‚Land der Götter‘ eine Gratiswohnung auf Lebenszeit anzubieten.

Diese Neuigkeit erfahren die Gallier einige Tage später durch ein Schild. Auf einmal steht es bei Sonnenaufgang am Dorfeingang.

„Eine Gratiswohnung?“, liest Verleihnix überrascht.

„Dann muss ich wenigstens eure Fratzen nicht mehr sehen. Ich ziehe auf der Stelle um!“, verkündet Methusalix.

Die Neuigkeit verbreitet sich wie ein Lauffeuer. Bald will sogar Gutemine ihre Siebensachen packen! Zum Glück ist Asterix nicht da, sonst müsste er mit ansehen, wie das ganze Dorf Cäsars Köder schluckt …

Asterix hat sich unterdessen einen neuen Plan ausgedacht, um die römischen Zivilisten in die Flucht zu schlagen. Diesmal setzen die Gallier

DIVINA DOMUS

II

eine fürchterliche Waffe ein, der kein menschliches Wesen widerstehen kann: Troubadix.

Der Barde hockt oben auf einem Baustellengerüst, das Obelix genau in das Zentrum der neuen Stadt geschoben hat. Er hat ein wenig Lampenfieber: Schließlich bittet man ihn nicht alle Tage darum zu singen …

„Soll ich mit etwas Leichtem anfangen?“, schlägt er vor.

„Nein, nein! Fang lieber mit etwas Fetzigem an“, antwortet Asterix und wirft ihm eine Feldflasche mit Zaubertrank zu.

„Der erste Eindruck ist immer wichtig!“, bestätigt Miraculix.

Troubadix nimmt einen großen Schluck aus der Flasche und holt tief Luft. Die Gallier stopfen sich vorsichtshalber ihre Ohren mit Petersilie und Karotten zu.

Als der Gesang des Barden zwischen den Gebäuden widerhallt, schöpft Asterix Hoffnung. Sein Plan funktioniert! Der unerträgliche Gesang versetzt alle Römer in Angst und Schrecken.

Augenblicklich lassen sie alles stehen und liegen, schnappen sich Frauen und Kinder und ergreifen die Flucht!

Plötzlich klatscht Troubadix ein Fisch direkt ins Gesicht. Er fällt hintenüber, und sein Gesang wird unterbrochen. Wieder einmal hat Verleihnix sein Ziel nicht verfehlt!

Verblüfft stellen Asterix, Obelix und Miraculix fest, dass alle Dorfbewohner beschlossen haben, im ‚Land der Götter' zu leben …

„Die spinnen, die Gallier", murmelt Obelix, als seine Freunde an ihm vorbeiziehen.

Ringsum bleiben die Römer stehen und spitzen die Ohren.

„Anscheinend hat es sich beruhigt!", erklärt einer von ihnen. „Wir können heimkehren!"

Das wollen Asterix, Obelix und Miraculix nicht mit ansehen. Lieber kehren sie ins Dorf zurück … Dort treffen sie Keinbonus, Dulcia und Apeldjus, die hier Zuflucht gesucht haben. Doch Asterix ist zu enttäuscht, um sich über dieses Wiedersehen zu freuen.

Finster schaut er sich um. Verlassen und traurig spiegelt dieser Ort seinen Gefühlszustand wider …

KAPITEL 7

DIE RÖMISCHE ARMEE

Wenn Asterix wüsste, was sich unterdessen im ‚Land der Götter' abspielt, wäre er noch niedergeschlagener. Seine gallischen Freunde bemühen sich nämlich alle nach Kräften, sich bei den Römern gut zu integrieren. Sie tragen Toga, besuchen Thermen und versuchen neuerdings, auf Liegen zu speisen. Majestix tauscht sogar seinen Häuptlingsschild gegen das Kapitell einer römischen Säule … Doch leider sind seine armen Träger außerstande, es länger als eine Minute anzuheben!

Der gallische Chef bemüht sich redlich, mit

den neuen Trends Schritt zu halten: Bereitwillig begleitet er Gutemine ins Theater, wo sie sich beide abgrundtief langweilen. Das hält sie aber nicht davon ab, nach der Vorstellung heftig zu applaudieren. Schließlich wollen sie nicht als ungebildete Barbaren dastehen!

Während sich die Gallier recht und schlecht unter die Römer mischen, gehen die Bauarbeiten weiter. Unter der Leitung von Quadratus arbeiten die Sklaven – Verzeihung, die Bauarbeiter – unter Hochdruck.

Bald ragt im Wald von Aremorica nicht mehr nur ein Gebäude auf, jetzt sind es vier! Der bedrohliche Schatten der Hochhäuser fällt bis ins Dorf, in dem Asterix und Obelix Trübsal blasen.

„Ich hab Hunger!“, seufzt Letzterer.

Asterix antwortet nicht. Traurig betrachtet er eines der vielen Werbeschilder an den Häuserwänden. Eines von ihnen hat sich gelöst und kracht geräuschvoll zu Boden. Sollte dies wirklich das Ende für das Dorf der unbeugsamen Gallier bedeuten?

Cäsar ist jedenfalls überzeugt davon! In Rom lässt sein Lachen den riesigen Palast erzittern. Er triumphiert. Plötzlich hält er inne und wendet sich an die Senatoren, die vor ihm stehen:

„Was hatte ich gesagt?“

„Nun … Ihr wart dabei, auf teuflische Weise zu lachen“, ruft Pesticius in Erinnerung.

„Nein, vorher?“, bohrt Cäsar nach.

„Habt Ihr nicht ‚endlich‘ gesagt?“, versucht es Falerius.

In Cäsars Augen blitzt es auf.

„Ja, endlich! Jetzt hab ich sie, diese Unbeugsamen! Nach Jahren der Demütigung genügen ein paar Mietshäuser, um sie zu bezwingen! Doch unser Sieg ist erst vollständig, wenn von ihrem lächerlichen kleinen Dorf kein einziger Pfahl mehr übrig ist!“

Mit einem Faustschlag zerschmettert er das Modell vor sich.

„Wir müssen das Dorf dem Erdboden gleichmachen!“, ruft er. Wieder verfällt er in sein teuflisches Lachen.

Ohne zu ahnen, was sich in Rom zusammenbraut, wandert Obelix durch den Wald. Der junge Apeldjus sitzt auf seinen Schultern. Der Junge benutzt die Zöpfe des Galliers, um ihn zu lenken.

„Da lang!“, ruft der kleine Römer und zieht am linken Zopf.

„Hast du etwa ein Wildschwein gesehen?“, fragt Obelix hoffnungsvoll.

„Nein, ich wollte nur die Richtung ändern!“, meint Apeldjus sorglos.

Trotz aller Ausdauer entdecken die Jäger keine Spur von Wild. Nach und nach wird Obelix langsamer. Schließlich bleibt er sogar stehen und setzt sich erschöpft auf den Boden. Der Gallier versteht nicht, wie ihm geschieht.

„Ich ruhe mich fünf Minuten aus“, schnauft er. „Ich fühle mich nicht so gut …“

„Nur weil du Hunger hast“, erklärt Apeldjus. „Mach dir keine Sorgen, ich finde ein Wildschwein für dich!“

„Geh nicht zu weit fort!“, erwidert Obelix schwach.

Doch der Junge ist schon weg, mit Idefix an der Seite. Plötzlich erstarrt der kleine Hund. Apeldjus eilt zu ihm in der Hoffnung, etwas sehen zu können. Doch es ist kein Wildschwein, sondern die römische Armee!

Vor ihm stehen viele Hundert Soldaten in Formation hinter ihren schützenden Schilden. In der Ferne ragen mächtige hölzerne Belagerungstürme auf. Auf einem von ihnen erkennt Apeldjus ganz oben den Zenturio Hasenfus.

Dieser zieht sein Schwert, zeigt damit auf das gallische Dorf und ruft zum Angriff.

Niemand rührt sich. Hasenfus beugt sich zu den Soldaten hinunter.

„Was ist? Was macht ihr?“

Ein Schild wird angehoben, und der Kopf des Soldaten Cubitus kommt zum Vorschein.

„Wir haben den Generalstreik beschlossen!“, meldet er.

„Wieso das?“, will der Zenturio wissen.

„Wir finden, dass dieser Angriff ein gewisses Gefahrenpotenzial birgt!“

Hasenfus stützt den Kopf in die Hände. Wer hat ihn nur mit so einer Armee gestraft?

„Natürlich ist es gefährlich!“, brüllt er. „Das ist ein Angriff! Wir machen ein Dorf dem Erdboden gleich!“

Cubitus lässt sich nicht unterkriegen. Die Soldaten verlangen Garantien. Sie fordern, dass erst der Druide ausgeschaltet wird, damit die Gallier ihren berühmten Zaubertrank nicht mehr benutzen können …

„Und wir möchten außerdem auch noch gern die Frage der Höflichkeit ansprechen!“, fügt ein Soldat hinzu.

Doch Hasenfus hört gar nicht mehr zu. Er hat das Kläffen eines Hundes vernommen … Als er die Augen senkt, entdeckt er Apeldjus und Idefix versteckt im Gebüsch.

Erschreckt rennt der kleine Junge weg. Plötzlich spürt er eine Hand, die ihn packt … Er hebt die Augen: Uff! Zum Glück ist es nur Miraculix.

„Die Soldaten … Sie wollen …“, stammelt Apeldjus außer Atem.

„… das Dorf zerstören“, beendet Miraculix den Satz. „Ich hab’s gehört!“

„Das Dorf *dem Erdboden gleichmachen*!“, korrigiert ihn eine kräftige Stimme neben ihnen.

Der Druide und der kleine Römer sind von römischen Soldaten umzingelt. Hasenfus tritt vor und befiehlt, die beiden festzunehmen.

Doch die Soldaten rühren sich nicht.

„Na ja … Wir haben die Sache mit dem Streik noch nicht geklärt“, weist einer von ihnen auf die Forderungen hin.

„Aber da habt ihr doch euren Druiden!“, regt sich Hasenfus auf. „Eben sprecht ihr noch von ihm, und zack, ist er direkt vor eurer Nase! Was wollt ihr mehr?“

Mit leiser Stimme zählt Cubitus alle Verhandlungspunkte auf, die noch in der Schwebe sind: die Unterbringung der Soldaten in der neuen Stadt und natürlich die Höflichkeit …

Diesmal kann sich der Zenturio nicht mehr beherrschen. Sonst ist er ja geduldig, aber was zu viel ist, ist zu viel.

„VERHAFTET SIE, BEI JUNO!“, brüllt er mit aller Kraft.

Eingeschüchtert gehorchen die Soldaten. Trotzdem hört man noch die Stimme von Cubitus murmeln: „In diesem Ton wird es auf jeden Fall nicht besser …“

KAPITEL 8

DIE ACHILLESFERSE

Hinter seinem Schreibtisch im ‚Land der Götter' probt Quadratus eine Rede, die er beim Besuch des Diktators halten möchte. Jede Tirade unterstreicht er mit großen Gesten.

„O Cäsar, kein Gebäude erhebt sich hoch genug, um Euch gleichzukommen …"

Lärm unterbricht ihn. Einige Soldaten haben die Halle betreten und schieben dabei einen großen Käfig vor sich her. In dem Käfig erkennt der Architekt Miraculix, Apeldjus und Idefix.

„Soll das ein Witz sein?", ruft er genervt. „Was soll ich denn mit denen anfangen?"

„Ihr habt kein Gefängnis gebaut!“, kritisiert Cubitus.

„Das ist noch längst kein Grund, in meiner Empfangshalle einen Käfig aufzustellen!“, ruft der junge Architekt mit erstickter Stimme.

Doch die Soldaten sind unerbittlich: Sie haben Befehl, die Gefangenen irgendwo drinnen unterzubringen, damit die anderen Gallier sie nicht zu sehen bekommen. Darum bleibt der Käfig also hier. Ob es Quadratus nun gefällt oder nicht.

Seufzend setzt dieser sich wieder an den Schreibtisch, während die Soldaten den Käfig an die Decke hängen. Zwei Wachen bleiben, um ihn im Auge zu behalten, und der Architekt vertieft sich wieder in seine Rede.

„Mach dir keine Sorgen, Apeldjus“, flüstert Miraculix. „Man wird uns zu Hilfe kommen.“

„Ich weiß!“, antwortet der Junge. „Obelix kommt, und er wird alles kurz und klein schlagen!“

Der Druide denkt nach.

„Wir müssten einen Weg finden, ihm Bescheid zu geben.“

„Ich hab eine Idee!“, ruft der Junge und hält eine seiner Holzfiguren hoch.

Sorgfältig zielt er auf ein Fenster, das sich einige Meter vom Käfig entfernt befindet. Doch seine erste Figur prallt am Fensterrahmen ab und landet auf der falschen Seite. Zum Glück merkt Quadratus nichts. Er befiehlt den Gefangenen nur, gefälligst weniger Lärm zu machen.

Apeldjus atmet tief durch und greift nach seiner Lieblingsfigur: die des Herkules. Er konzentriert sich, wirft ... und schafft es, sie durchs Fenster zu befördern!

Pluff! Die Figur landet im Fluss, der unten am Gebäude vorbeifließt, und wird von der Strömung auf den Wald und das gallische Dorf zugetrieben.

„Du bist noch schlauer, als ich dachte!“, flüstert der Druide anerkennend.

Der kleine hölzerne Herkules kommt auf dem Fluss rasch voran. Er treibt an römischen Soldaten vorbei, die noch immer eifrig damit beschäftigt sind, mit dem Zenturio bessere

Lebensbedingungen auszuhandeln. Keiner von ihnen bemerkt das belanglose Holzspielzeug, das dem Wasserlauf folgt …

Etwas weiter unten gelangt die Figur auf die Höhe von Obelix, der aus seinem langen Schlaf aufwacht. Er reibt sich den Bauch, der immer lauter knurrt.

„Apeldjus?“, ruft er, ohne das Spielzeug des Jungen nur wenige Schritte neben ihm zu bemerken. Schwerfällig steht der Gallier auf und macht sich auf die Suche nach seinem Freund. Er macht sich große Sorgen.

Schließlich treibt die Figur bis ins Dorf. Dulcia, die gerade nach ihrem Sohn ruft, bemerkt sie und fischt sie aus dem Wasser.

„Apeldjus?“, wiederholt sie noch einmal, jetzt noch beunruhigter.

Ganz in der Nähe durchsucht Keinbonus das Dorf, findet aber keine Spur von seinem Sohn.

„Keinbonus! Asterix!“, schreit Dulcis. „Schaut, was ich gefunden habe!“

Sie zeigt ihnen den kleinen Herkules.

„Ihm muss etwas zugestoßen sein!“, schließt Keinbonus besorgt.

„Keine Panik!“, beruhigt sie Asterix. „Apeldjus kann nichts passieren, der ist bestimmt mit Obe…“

Mit offenem Mund sieht der Gallier nun Obelix, der auf sie zugerannt kommt.

„Ist Apeldjus heimgekehrt?“, ruft er außer Atem, sobald er in Hörweite ist.

Dulcia und Keinbonus schauen sich leichenblass an. Ihr Sohn ist verschwunden!

Die Römerin zögert keine Sekunde:

„Wir müssen dem Fluss stromaufwärts folgen!“, ruft sie.

Sofort eilt das Ehepaar los, dicht gefolgt von Obelix. Asterix bleibt allein im Dorf zurück. Allein und sorgenvoll, seitdem er bemerkt hat, dass auch Miraculix verschwunden ist. Das alles ist ihm nicht geheuer …

Keinbonus und Dulcia rennen durch den Wald, bis ihnen die Luft ausgeht. Obelix hat große Mühe, ihnen zu folgen. Sein Bauch knurrt noch

immer, und nach und nach überfällt ihn eine ungekannte Erschöpfung. Plötzlich bleibt er stehen. Ganz in der Nähe hört er Stimmen, dann entdeckt er die römischen Soldaten.

Genervt von den nicht enden wollenden Verhandlungen wird Hasenfus gerade wütend.

„Ich habe noch nie erlebt, dass ein Legionär mit Frau und Kindern in einer luxuriösen Eigentumswohnung lebt und zweiundzwanzig Asse am Tag verdient!"

„Und der Dicke, Zenturio?", bohrt einer der Soldaten nach.

„Welcher dicke Zenturio?", fragt Hasenfus und funkelt ihn wütend an.

„Nein, der dicke Gallier mit übermenschlichen Kräften, der keinen Zaubertrank braucht! Es kommt nicht infrage, dass wir wieder an die Arbeit gehen, solange der nicht ausgeschaltet ist!"

Der Zenturio ist verzweifelt. Wie soll er diesen bornierten Soldaten begreiflich machen, dass er ohne Armee keine Chance hat, den dicken Gallier außer Gefecht zu setzen?

Zum Glück scheint ihm das Schicksal hold zu sein. Obelix ist so ausgehungert, dass er unter Halluzinationen leidet: Statt römischen Soldaten sieht er Wildschweine in Rüstung. Unwiderstehlich angezogen, wankt er auf sie zu und knurrt: „Ich hab Hunger!"

Doch ebenso plötzlich, wie er aufgetaucht ist, schwankt er und stürzt bewusstlos zu Boden. Kein Römer traut sich, auch nur mit den Augen zu zwinkern. Nach einer Weile zieht Hasenfus sein Schwert und prüft damit, ob der Gallier wirklich ohnmächtig ist.

„Hör auf, Zenturio!", flüstert ein Soldat. „Du wirst ihn noch wecken ..."

Doch der Hunger hat Obelix endgültig niedergestreckt! Die Soldaten fesseln ihn, laden ihn auf einen Karren und bringen ihn in das ‚Land der Götter'.

Als sie eintreffen, wird Quadratus wieder beim Einstudieren seiner Rede gestört. Genervt verdreht er die Augen.

„Ah, verstehe! Jedes Mal, wenn ihr einen

Gefangenen macht, bringt ihr ihn jetzt zu mir in die Eingangshalle, ja?“, raunzt er die Soldaten an.

Sofort bedeutet ihm der Soldat mit Zeichen, still zu sein. Diesen Gallier darf man auf gar keinen Fall wecken! So leise wie möglich erklärt er, dass er Befehl hat, ihn zu verstecken.

Im Käfig, der immer noch an der Decke hängt, macht sich Miraculix Sorgen.

„Bei allen Göttern! Sie haben Obelix erwischt!“

„Das habt ihr mir schon bei den beiden gesagt, die da vor meinem Mosaik baumeln!“, meckert Quadratus.

„Dein Mosaik ist schlecht gemacht, das hat mein Vater gesagt!“, brüllt Apeldjus aus dem Käfig heraus. Er ist wütend, weil nun auch sein Held Obelix in Gefangenschaft geraten ist.

„Ruhe, bei Minerva!“, fordert der Soldat. „Wir müssen ihn an einem sicheren … und stillen Ort einsperren!“

Und so wird Obelix in einen riesigen, finsteren Raum geworfen, in den zahlreiche Röhren münden. Es handelt sich um die Müllgrube der neuen

Siedlung. Der arme Obelix plumpst auf den blanken Boden, ohne einen Ton von sich zu geben. Nur ein leises Schnarchen bestätigt, dass der Gallier noch am Leben ist.

KAPITEL 9

DER ANGRIFF

In den Bergen geht die Sonne auf, aber Keinbonus und Dulcia sind nach der mit Suchen verbrachten Nacht völlig erschöpft. Sie sind dem Fluss gefolgt bis zur Quelle hinauf. Doch noch immer haben sie keine Spur von ihrem Sohn Apeldjus!

„Wir müssen an ihm vorbeigekommen sein, ohne ihn zu bemerken“, mutmaßt Keinbonus.

Sofort macht Dulcia kehrt.

„Dann gehen wir zurück in die andere Richtung. Diesmal passen wir noch besser auf!“

Nach einem Seufzer der Erschöpfung geht Keinbonus ihr nach.

Im selben Moment folgt nahe der neuen Siedlung eine Gruppe römischer Touristen einem Fremdenführer in den Wald. Unter ihnen Gallier aus dem Dorf. Sie sind mitten in der Unterhaltung:

„Ich will hoffen, dass man uns nicht umsonst in aller Götterfrühe aus den Federn gerissen hat!“, meint Gutemine, als die Gruppe hinter einem dichten Gebüsch stehen bleibt.

„Ich hoffe, diesmal ist eine kleine Stärkung eingeplant“, fügt Automatix hinzu.

„Wenigstens können wir nicht verdursten, ich habe Wasser mitgenommen!“, antwortet Verleihnix und zeigt auf eine kleine Amphore.

„Bitte sehr!“, ruft der Reiseleiter. „Heute Morgen haben wir das außerordentliche Glück, einem äußerst seltenen Ereignis beiwohnen zu dürfen!“

Neugierig treten die Gallier näher.

Noch ahnen sie es nicht, aber hinter dem Gebüsch befindet sich ihr Dorf. Und dort, mitten auf dem menschenleeren Platz, sitzt Asterix an der großen Bankettafel und schläft. Allein.

Plötzlich schlägt direkt neben Asterix ein

gewaltiger Steinbrocken ein. Er hat eine solche Wucht, dass er zurück in die Luft springt!

Im selben Moment biegt der Reiseleiter die Zweige auseinander und enthüllt seiner Gruppe von Römern und Galliern das schreckliche Schauspiel. Der Zenturio steht dort mit seiner Armee bereit, um das Dorf dem Erdboden gleichzumachen!

„Aaaangriff, bitte schön!“, brüllt Hasenfus.

Offensichtlich wissen es die Soldaten zu schätzen, dass sich ihr Vorgesetzter bemüht, höflich zu sein. Ausnahmsweise gehorchen sie und katapultieren schwere Steine auf das Dorf.

„Bogenschützen, auf mein Kommando … seid so gütig und schiiießt!“

Sofort regnet ein Pfeilhagel auf das Dorf herab. Asterix sucht unter dem Tisch Zuflucht und greift nach seiner Feldflasche … Doch die ist leer!

Vor den Büschen sind die Gallier erstarrt. Was sich da vor ihren Augen abspielt, verschlägt ihnen die Sprache. Gutemine reagiert als Erste. Sie springt ihrem Mann in die Arme und schreit: „So tu doch was!“

Genau diesen Moment hat Asterix gewählt, einen Ausbruch zu versuchen. Langsam öffnet er das Dorftor und baut sich vor der Armee auf. Er packt die Feldflasche und tut so, als würde er einen langen Schluck daraus nehmen. Dann tut er sein Bestes, um die Wirkung des Zaubertranks vorzutäuschen. Dazu zuckt er hin und her und wirft die Feldflasche ins Unterholz. Entschlossen dreinblickend, stellt er sich, die Fäuste in die Hüften gestemmt, dem Feind entgegen.

„Seid so nett und greift diesen Knirps an!", befiehlt Hasenfus.

Doch diesmal rührt sich niemand.

„Was ist los?", fragt der Zenturio, der gar nichts mehr versteht. „Ich habe doch gesagt: ‚Seid so nett!'"

Wie immer macht sich Cubitus zum Sprecher der Soldaten.

„Solange der Feind den Zaubertrank hat, wird nicht gekämpft!"

Hasenfus würde sich jetzt am liebsten die Haare raufen, wenn er welche hätte.

„Deswegen haben wir ja den Druiden gefangen genommen!“, erwidert er.

Entsetzt spitzen die Gallier die Ohren. Plötzlich begreifen sie, dass es sich bei dem Druiden, von dem der Zenturio sprach, um Miraculix handelt! Und das war für sie nicht die letzte Überraschung, weil Hasenfus hinzufügt: „Und den Dicken auch!“

Kein Zweifel möglich: Die Römer haben Obelix! Trotzdem sind die Soldaten noch immer skeptisch.

„Aber was der da getrunken hat, der Kleine da … Das war doch kein Erdbeersaft!“, ruft einer von ihnen.

„Lasst euch doch nicht reinlegen!“, brüllt der Zenturio. „Das ist doch alles nur Quark!“

„Quark?“, antwortet der Soldat. „In einer Feldflasche?“

Hasenfus schüttelt den Kopf. Damit die Sache vorangeht, hat er keine andere Wahl: Er muss sich selbst darum kümmern. Entschlossen klettert er von seinem Hochsitz hinunter und stapft auf Asterix zu.

„Nun? Angeblich besitzt man übermenschliche Kräfte?“

„Willst du eine Ohrfeige?“, erwidert der kleine Gallier. „Dann kannst du mir erzählen, ob das für dich übermenschlich genug ist …“

„Worauf wartest du noch? Gewöhnlich fragst du nicht um Erlaubnis!“

Asterix hebt die Augen und zeigt auf die ehemaligen Dorfbewohner.

„Meine ersten Ohrfeigen hebe ich mir für die da auf“, erklärt er. „Seid ihr stolz auf euch mit euren lächerlichen Klamotten?“, fügt er hinzu, während die Gallier beschämt die Köpfe senken.

Asterix tritt langsam näher. Mit theatralischer Stimme verkündet er: „Dir, o Majestix, unserem Chef, werde ich helfen, unser Dorf aufzugeben!“

Sobald er nahe genug an die Gallier herangekommen ist, zwinkert er dem Häuptling nachdrücklich zu und fährt fort: „Indem ich dir eine Ohrfeige gebe, deren Kraft mir der Zaubertrank verliehen hat!“

Obwohl Asterix überdeutlich wird, scheint der

Chef der Gallier nicht zu verstehen, was sein Freund von ihm erwartet.

Der kleine Gallier holt weit aus, um Majestix einen Fausthieb zu versetzen. Einige Sekunden lang rührt sich Letzterer nicht. Plötzlich begreift er, was Asterix mit seinem Getue beabsichtigt.

Er wirft sich nach hinten, rennt, so schnell es geht, rückwärts, springt dann hoch und lässt sich ins Unterholz fallen. Schließlich steht er wieder auf und rezitiert in einem extrem gekünstelten Tonfall: „Beim Teutates! Welche Kraft! Dem kann nur ein Zaubermittel zugrunde liegen!“

Asterix verliert keine Sekunde und wiederholt dieselbe Szene erst mit Verleihnix, dann mit Automatix. Beide gehen zu Boden und rezitieren improvisierte Tiraden. Das unechte Schauspiel weckt allerdings Misstrauen bei den römischen Soldaten.

„Haben sie nun den Zaubertrank, oder haben sie ihn nicht?“, fragt Cubitus verstört.

Verblüfft breitet Hasenfus die Arme aus. Auch er weiß nicht mehr, woran er ist!

Dieses kurze Zögern in den feindlichen Reihen nutzt Asterix, um Majestix etwas ins Ohr zu flüstern:

„Kümmer dich um die Römer, während ich losrenne und Obelix und Miraculix befreie!“

Der gallische Häuptling folgt dem Beispiel von Asterix und beschließt, nun richtig zu bluffen. Er hält seine Wasseramphore hoch und ruft den Galliern zu: „Freunde! Unser Dorf wird bedroht! Wir müssen unseren berühmten Zaubertrank einnehmen, jetzt oder nie!“

Anschließend nimmt er einen großen Schluck Wasser und äfft die Wirkung des Tranks nach. Alle Gallier folgen seinem Beispiel vor den Augen der Soldaten, die allmählich in Panik verfallen.

„Zenturio, was sollen wir tun?“, fragt Cubitus.

„Keine Ahnung“, seufzt Hasenfus. „Ich bin fassungslos.“

Das nutzt Asterix aus, um auf ein Katapult zu springen. Mit einem Schwerthieb schneidet er das Seil durch, das das Katapult blockiert, und lässt sich bis in die neue Stadt schleudern.

KAPITEL 10

DIE SCHWACHSTELLE

Im ‚Land der Götter' landet Asterix direkt vor dem Eingang des ersten Mietshauses und genau auf dem armen Keinbonus!

„Schnell!", schreit Dulcia, als sie ihn erkennt. „Apeldjus ist bestimmt in diesem Gebäude. Aber es ist verschlossen!"

Etwas benommen steht Asterix auf.

„Warum in diesem Gebäude?", fragt er verstört.

„Glaub mir", keucht Keinbonus und rennt zur Tür. „Er muss da drin sein!"

Asterix hämmert gegen die Tür und verlangt

Einlass … Plötzlich ertönt die Stimme von Apeldjus, der nach seinem Papa ruft.

Gleich darauf teilt ihnen die verzweifelte Stimme von Quadratus mit, dass der Empfang heute geschlossen sei.

„Mach auf, Architekt!“, befiehlt nun Asterix.

Diesmal vernimmt man die Stimmen von Miraculix und Idefix.

„Wie viele sind denn da drin?“, wundert sich Keinbonus.

„Haut ab, oder ich rufe die Wache!“, brüllt Quadratus von drinnen.

Keinbonus und Asterix lassen sich jedoch nicht entmutigen. Sie verdoppeln ihre Anstrengungen. Doch ohne Zaubertrank ist es gar nicht einfach, eine solide römische Tür aufzubrechen! Obwohl sie mit aller Macht drücken und dann mit aller Kraft ziehen … tut sich nichts. Selbst als sie sich einen vorbeigehenden römischen Soldaten schnappen und ihn als Rammbock benutzen, die Tür hält!

Schließlich gehen ihnen Ideen und Kräfte aus,

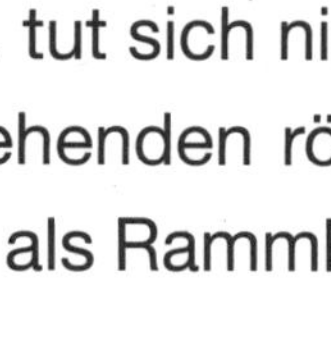

aber Dulcia hat einen neuen Einfall. Sie zieht die lange Nadel heraus, die ihren perfekten Haarknoten zusammenhält, sodass eine Flut brauner Locken über ihre Schultern wallt. Asterix und Keinbonus beobachten sie entzückt, während sie die Nadel benutzt, um rasch das Türschloss aufzubrechen und in das Gebäude zu schlüpfen. Einen Moment lang bleiben die beiden Männer mit offenen Mündern stehen, dann folgen sie ihr.

„Wachen! Ergreift sie!", brüllt Quadratus.

Zwei gewaltige Soldaten stürzen sich auf Asterix, doch der kann haarscharf zwischen ihnen hindurchschlüpfen. Er hat das Seil bemerkt, das den Käfig in der Luft hält, und fängt hastig an, es von der Decke loszuknüpfen. Die Gefangenen feuern ihren Retter an. Doch genau in diesem Moment kehren die Soldaten zurück, um den Kampf aufzunehmen!

Für einen Moment lässt Asterix das Seil los, sodass der Käfig mehrere Meter nach unten saust. Zum Glück verliert der kleine Gallier nicht

die Nerven. Er wirft sein Schwert, blockiert damit das Seil und hält den Sturz der Gefangenen auf.

Keinbonus hat die Szene verfolgt und sieht, dass Asterix in Schwierigkeiten steckt. Er eilt ihm zu Hilfe, um seinen Sohn zu retten.

Er nimmt Anlauf und springt.

„Wenn ich sage, dass das Mosaik einen Fehler hat, dann hat es einen Fehler!", ruft er, während er auf den Kopf des ersten Soldaten, dann auf den des zweiten hüpft.

Schließlich legt er den Finger auf ein Steinchen, das er als Schwachstelle des ganzen Mosaiks ausgemacht hat. Eine Sekunde lang passiert nichts. Aber plötzlich lösen sich sämtliche Steinchen von der Wand und regnen auf die römischen Soldaten herab. Ganz und gar verschüttet, erkennt man nur noch die Spitzen ihrer Helme. Wenigstens die beiden kommen den Galliern nun nicht mehr in die Quere.

Die Gefangenen sind schnell befreit. Während Apeldjus zu seinen Eltern rennt und ihnen in die

Arme springt, packt Asterix Quadratus beim Kragen.

„Was hast du mit Obelix gemacht? Rede!“

Doch der Architekt wurde bereits so von Dulcia durchgerüttelt, dass er außerstande ist, zu sprechen. Asterix kann ihm nur eine saftige Ohrfeige verpassen. Die nützt zwar nichts, tut aber gut.

„Wir haben keine Zeit, Obelix zu suchen!“, entscheidet Miraculix. „Ich muss Zaubertrank zubereiten und brauche alle verfügbaren Hände, um die nötigen Zutaten zu beschaffen!“

Lassen wir den Druiden in Ruhe arbeiten und kehren ins Dorf zurück …

Dort stehen die Gallier immer noch der unschlüssigen römischen Legion gegenüber.

„Nun?!“, ruft Majestix zunehmend nervöser. „Seit einer Stunde quatscht ihr nun schon miteinander. Greift ihr nun an oder nicht?

Cubitus tritt vor.

„Angenommen, wir ziehen uns zurück“, fragt er. „Verfolgt ihr uns dann oder nicht?“

„Könnte gut sein“, warnt der gallische Häuptling.

Cubitus verlangt eine neue Abstimmung. Einstimmig beschließen die Römer den Rückzug, mit Ausnahme eines einzigen Soldaten. Angesichts der wütenden Blicke aller anderen schließt er sich aber rasch der allgemeinen Meinung an.

Oben auf seinem Turm protestiert Hasenfus nicht einmal. Stattdessen tut er einen tiefen Seufzer, da er das bevorstehende Debakel schon auf sich zukommen sieht.

Geschlossen macht die gesamte römische Legion kehrt. Fast augenblicklich verfolgt von den Galliern, die nie eine schöne Gelegenheit zu einer Schlacht verstreichen lassen ... Selbst ohne Zaubertrank!

Nahe der neuen Siedlung haben sich Apeldjus und Idefix inzwischen aufgemacht, die Zaubertrankzutaten für den Druiden zu sammeln. In Windeseile laufen sie durch alle Wohnungen und

stibitzen bei den verschiedenen Bewohnern Obst, Gemüse, Kräuter und Pülverchen aller Art.

Unterdessen hat Miraculix eine große Gießkanne aufgetrieben, die als Kessel herhalten muss. Dann sortiert er alle Substanzen, die seine beiden Gehilfen herbeibringen, während Asterix ein Feuer entzündet.

Bei der Arbeit murmelt der Druide ständig halbe Sätze in seinen Bart:

„Das ja, das nicht! … Was ist denn das? … Ah, sehr gut!“

Draußen ist die römische Legion in das ‚Land der Götter‘ zurückgekehrt. Die Soldaten sind erleichtert, ohne einen Kratzer davongekommen zu sein. Nur Hasenfus bleibt ratlos auf seinem Belagerungsturm hocken. Ein vorbeigehender Soldat fragt: „Gehst du nicht nach Hause, Zenturio?“

„Ich habe keine Wohnung!“, gibt Hasenfus zu. „Ihr habt euch alle weggeschnappt.“

In der neuen Stadt herrscht eine gedrückte Stimmung. Niemand traut sich, das geringste

Geräusch zu machen. Alle sind auf der Hut vor den gallischen Verfolgern. Die lassen sich ja eine Menge Zeit, diese Gallier!

Endlich tauchen sie aus dem Wald auf! Schwitzend und mit roten Köpfen stolpern sie keuchend weiter. Cubitus schaut aus dem Fenster und fragt sich, warum die Gallier diesmal so außer Atem sind.

„Gewöhnlich haben wir nicht einmal Zeit, die Flucht zu ergreifen …“, bemerkt ein anderer Soldat irritiert.

Hasenfus hebt den Kopf und bemerkt müde: „Was braucht ihr noch, um zu kapieren, dass sie keinen Zaubertrank haben? Ein Hinweisschild?“

Schließlich ringen sich die römischen Soldaten zu der Erkenntnis durch, dass ihr Zenturio wohl recht hat.

Vor dem Eingang zur neuen Stadt sind die Gallier endlich angriffsbereit. Majestix gibt das Signal:

„Los, Kinder! Wir stürmen!“

Brüllend stürzen die Gallier vor … und machen

auf dem Absatz kehrt, als sie merken, dass ihnen die römische Legion entgegenmarschiert! Der Angriff wendet sich rasch zugunsten der Römer. Die Gallier sind gezwungen, an hoch gelegenen Stellen Zuflucht zu suchen, auf Bäumen, Säulen oder dem Turm von Hasenfus. Sogar auf der Statue von Cäsar inmitten vom ‚Land der Götter'.

Plötzlich erklingt eine mächtige Stimme, und Grabesstille senkt sich über das Schlachtfeld.

„Das soll eine Baustelle sein?"

KAPITEL 11

CÄSARS ANKUNFT

Sowohl Römer als auch Gallier erstarren. Hinter Senator Mietfundus, der eben noch gebrüllt hat, erscheint der große Cäsar persönlich, gefolgt von seiner Garde.

Der Belagerungsturm, auf dem Majestix mit Hasenfus gekämpft hat, kippt ganz langsam nach vorn, stößt gegen die Statue des Diktators und reißt sie in seinem Sturz mit um. Dann herrscht wieder Stille.

Die vollkommene Stille des Schlachtfelds wird schließlich von Quadratus unterbrochen, der auf Cäsar zuläuft.

Der Architekt setzt zu seiner Tirade an, die er die ganze Nacht geprobt hat. Leider hat ihm Asterix mit seiner letzten Ohrfeige einen Zahn ausgeschlagen … Mit dem Ergebnis, dass er etwas schwierig zu verstehen ist.

„O mein Fäfar! Kein Gebäude ragt hoch genug, um der Gröffe Fäfarf gleichfukommen! Geniefe diefef befeidene Bankett alf Feugnif von … niftf!“

Obwohl sich der junge Römer die ganze Nacht den Kopf zerbrochen hat, ist ihm kein passender Schluss eingefallen. Der Diktator beugt sich hinunter und packt ihn am Kragen.

„Glaubst du, ich bin aus Rom gekommen, um zu essen?“

„Nift mal ein kleinef Törtfen?“ Quadratus, der, wie wir bereits gesehen haben, ziemlich dickköpfig ist, versucht es trotzdem.

Auch wenn die Ohrfeige, die ihm Cäsar versetzt, nicht so kräftig ist wie die von Asterix, reicht sie immerhin, um ihn zum Schweigen zu bringen.

„Schafft das alles fort!“, befiehlt der Diktator und zeigt auf die Unmengen an Speisen, die die Tische bedecken.

Sofort machen sich die Soldaten ans Werk: Obst, Würste, Käse, Kuchen und Weinfässer. Alles wandert in den Müllschlucker! Ein Soldat versucht zwar, an einem Stückchen Kuchen zu knabbern, doch sein Kamerad ruft ihn zur Ordnung.

„Hopp, hopp, hopp! Wenn Cäsar sagt, wir sollen's wegwerfen, dann werfen wir's weg!“

„Stimmt natürlich“, antwortet der erste und verzichtet auf sein Kuchenstückchen.

Quadratus ist verzweifelt: All die Vorbereitungen sind umsonst! Machtlos schaut er zu, wie die leckeren Süßspeisen vom Tunnel verschluckt werden, der hinunter in die unterirdische Müllkippe vom ‚Land der Götter‘ führt.

Wobei diese Müllkippe zugleich die Zelle des armen Obelix ist ... Der Gallier schläft noch immer, als ihm ein halber Käse auf die Nase fällt. Als dann noch ein gebratenes Wildschwein neben

ihn purzelt, ist er in wenigen Sekunden wieder hellwach und auf den Beinen!

Oben hat Cäsar die Dinge in die Hand genommen.

„Nehmt alle Gallier gefangen!“, befiehlt er.

Die Römer machen sich ans Werk, klauben die einen aus den Bäumen und ziehen die anderen aus den Trümmern. Bald sind alle Gallier als Gefangene im ‚Land der Götter‘ zusammengetrieben.

Asterix hat das Geschehen vom Fenster der Wohnung aus beobachtet, in der er sich noch immer mit Miraculix befindet.

Er kann es nicht ertragen, seine Freunde in Schwierigkeiten zu sehen. Er muss ihnen helfen! Mir nichts, dir nichts rennt der Gallier los, schnappt sich eine Amphore, taucht sie in den Behälter mit Zaubertrank und springt aus dem Fenster!

„Nein, Asterix!“, brüllt Miraculix. „Der Trank ist noch nicht fertig!“

Zu spät! Schon fliegt Asterix durch die Luft und trinkt in wenigen Schlucken den Trank aus. Fertig

oder nicht, er scheint zu funktionieren! Doch gerade als der kleine Gallier einen Soldaten schlagen will, katapultiert ihn ein heftiger Schluckauf mehrere Meter nach hinten. Unkontrollierbar fliegt Asterix hin und her!

„Miraculix!“, ruft er erschreckt.

In der Menge, die das Schauspiel beobachtet, befindet sich auch Senator Mietfundus. Anscheinend hat er als Einziger den Plan der Gallier begriffen. Er beugt sich zur Seite und flüstert den Soldaten neben ihm einige Worte ins Ohr. Sofort entfernen sie sich.

Unterdessen zischt Asterix weiter in alle Richtungen hin und her, bis er erschöpft zu Boden fällt. Darauf tritt Cäsar an ihn heran.

„Du hast verloren, Gallier! Diesmal war Rom stärker als dein Volk. Gib es zu und unterwerfe dich.“

Asterix ist so erschöpft, dass er nur mit Mühe sprechen kann. Er muss mehrmals ansetzen, um schließlich zu hauchen: „Niemals unterwerfe ich mich! Ich bin Asterix, gallischer Krieger …“

Cäsar kratzt sich nachdenklich am Kinn.

„Seltsam, man hat mir versichert, alle Gallier seien Römer geworden!“

Mietfundus eilt hinzu, um Asterix am Handgelenk zu packen und seinen Arm wie eine Trophäe emporzurecken.

„Das sind sie, o Cäsar! Der Sieg ist vollkommen! Betrachte diese Gefangenen ... Die Zivilisation der schnurrbärtigen Wilden wurde ausgelöscht!“

Dann deutet er auf Asterix, der kraftlos an seinem Arm baumelt.

„Und dieser arrogante kleine Krieger wird seinem dicken Gefährten Gesellschaft leisten – im Kerker!“

Kaum hat der Senator seinen Satz beendet, beginnt der Boden unter seinen Füßen zu beben. Plötzlich taucht eine Hand aus dem Boden auf – eine Hand, die eine gebratene Wildschweinkeule gepackt hält. Sie gehört Obelix.

Wie ein Untoter entsteigt der Gallier dem Boden. Jetzt, wo Obelix etwas im Bauch hat, ist

er wieder in Hochform – und er ist ganz und gar nicht zufrieden.

„ICH BIN NICHT DICK!“, brüllt er. Er versetzt Mietfundus einen so heftigen Schlag auf den Schädel, dass der bis zum Hals im Boden versinkt.

Beim Anblick von Obelix fassen die Gallier wieder Mut.

„Aaangri…“, ruft Asterix und fällt am Ende seiner Kräfte Obelix in die Arme.

Doch das Startzeichen ist gegeben. Majestix übernimmt das Kommando und feuert seinerseits zum Angriff an.

Dem will Cäsar in nichts nachstehen.

„Attackeee!“

Weil Hasenfus befürchtet, dass seine Armee wieder meutert, vervollständigt er sofort: „Bitte schön!“

Wieder bricht der Kampf aus, bis auf einmal Schreie die Aufmerksamkeit von Obelix auf sich ziehen. Es ist der kleine Apeldjus, der aus einem Fenster heraus um Hilfe ruft! Römische Soldaten

versuchen, die Tür der Wohnung, in die er sich mit seinen Eltern und Miraculix geflüchtet hat, aufzubrechen.

Der Druide ist besorgt: Die Römer dürfen nicht hereinkommen, bevor der Zaubertrank fertig ist. Er braucht die Unterstützung von Obelix.

„Kommt er uns helfen oder nicht?“, fragt der Druide Dulcia gespannt.

Um sich zu vergewissern, wirft diese einen Blick aus dem Fenster und sieht, wie Obelix mit bloßen Händen die Hausfassade hinaufgeklettert kommt. Dabei weicht er einfach dem Pfeilregen aus, den die Soldaten auf ihn herabregnen lassen.

„Ja, kann man so sagen“, stellt Dulcia fest.

Beruhigt kann sich Miraculix ganz auf den letzten Schritt seines Rezepts konzentrieren.

„Nur noch das Ganze abrunden!“, verkündet er und zieht den Korken heraus, der den Griff seiner Sichel verschließt.

Daraus gießt er eine dunkle Flüssigkeit in den improvisierten Kessel. Sofort wechselt das

Gebräu die Farbe und beginnt zu leuchten. Der Zaubertrank ist bereit!

Gerade rechtzeitig: Die Wohnungstür hat nachgegeben, und hinter ihr erscheint Cubitus an der Spitze einer Schar angriffslustiger Soldaten.

Mutig stellt sich Miraculix vor den Kessel und brüllt Cubitus zu: „Du kommst hier nicht vorbei!" Mit einem Klaps fegt ihn der Römer beiseite.

„Verzieh dich, Bärtiger!"

Entzückt geht er zum Kessel. Doch gerade als er vom Zaubertrank kosten will, hebt er den Kopf und findet sich Nase an Nase mit ... Obelix wieder!

„Ah ... Das gibt kein Zuckerschlecken!"

Tatsächlich wird die Soldatentruppe im Handumdrehen beiseitegefegt. Miraculix und Apeldjus setzen der Gießkanne die Ausgusstülle auf. Nun muss Obelix seine Freunde nur noch mit der kostbaren Flüssigkeit versorgen. Schon verfügen die Gallier wieder über Zauberkräfte.

KAPITEL 12

DAS ‚LAND DER GÖTTER' AM ENDE

Sofort ändert sich das Schlachtenglück. Jetzt, wo die Gallier wieder übermenschliche Kräfte besitzen, ist den römischen Soldaten klar, dass sie keine Chance mehr haben. Obwohl sie in der Überzahl sind!

Soldaten wie Zivilisten nehmen die Beine in die Hand … und bei einigen Legionären helfen zwei, drei Ohrfeigen der Gallier nach!

„Das ‚Land der Götter' hofft, dass Sie einen angenehmen Aufenthalt in Aremorica hatten. Nun

bitten wir Sie darum, durch die vorgesehenen Ausgänge nach Rom zurückzukehren!“, verkündet Verleihnix, während er durch die Etagen läuft und im Vorbeigehen einige Soldaten niederstreckt.

Kurz und gut, alle gehen mit Freude ans Werk.

Hinter einer Flurbiegung steht Asterix unerwartet vor Duplikatha, dem ehemaligen Sklavenanführer. Der trägt plötzlich eine römische Rüstung.

„Was machst denn du hier?“, fragt der Gallier ihn.

„Das ist eine lange Geschichte“, erklärt der Numide. „Sagen wir mal, als die Baustelle fertig war, mussten wir an Umschulung denken. Und da hat man uns vorgeschlagen …“

Asterix lässt ihn nicht ausreden, sondern versetzt ihm eine saftige gallische Ohrfeige.

„Nach so langer Zeit tut das gut!“, knurrt er genervt.

Draußen versucht Quadratus, in einem Karren die Flucht zu ergreifen, der vom Vorarbeiter der Baustelle gezogen wird. Dabei hat er aber die Rechnung ohne Keinbonus gemacht. Der hat

nun endlich Gelegenheit, es dem Architekten heimzuzahlen. Ah, zweiundsiebzig Mal hat man ihn abgewiesen, weil sein Antrag unvollständig war? Zufällig kann er jetzt den fehlenden Stempel draufhauen.

Hopp! Mühelos hebt Keinbonus eine schwere Säule und lässt sie auf Quadratus herabsausen. Blamm! Schon ist der kleine Römer geplättet.

„Wow!“, staunt Apeldjus. „Du bist genauso stark wie Herkules, Papa!“

Geschlagen sieht Cäsar, wie die Gallier auf ihn zustapfen.

„Ich weiß nicht, was du mit mir vorhast, Gallier“, sagt er zu Asterix, „doch ich hoffe, du besitzt so viel Würde –“

Asterix unterbricht ihn, die Hände in die Hüften gestemmt.

„Du bist ganz schön vermessen, von Würde zu reden, Iulius. Die Sache mit der Siedlung war hinterhältig. Du solltest dich schämen.“

Cäsar guckt verlegen drein.

„Weißt du … Man versucht dies und das. Manchmal klappt es, manchmal …"

„… nicht!", vervollständigt Asterix den Satz. „Du nimmst die Zivilisten jetzt zurück nach Rom! Übrigens erinnere ich dich daran, dass du jedem eine Luxuswohnung schuldest … Und vergiss nie, dass es in Aremorica ein Dorf gibt, das nicht aufhört, Widerstand zu leisten!"

Hinter ihm stoßen die Gallier ihr Siegesgeschrei aus: „HURRA!"

Cäsar kann seine Niederlage eingestehen.

„Nun gut. *Veni, vidi* … und nicht *vici*. Los, alle zurück nach Rom!"

Er macht auf dem Absatz kehrt. Augenblicklich gefolgt von Mietfundus, den Soldaten und allen römischen Zivilisten. Schließlich ist das ‚Land der Götter' leer.

Miraculix und Asterix tauschen Blicke aus: Besondere Umstände verlangen besondere Mittel … Der Druide reicht Obelix eine Kelle mit Zaubertrank!

Der zappelt vor Freude. Er nimmt einen

tüchtigen Schluck und macht sich an das größte Zerstörungswerk seines Lebens.

Nacheinander werden alle Gebäude der Siedlung abgerissen. Die vier Mietshäuser brechen in einer großen Staubwolke zusammen. Und mithilfe der Zaubereicheln von Miraculix ist im Wald bald jede Spur von den Römern beseitigt.

Obwohl die Gallier entzückt sind, dass die Römer fort sind, wird ihnen zumindest eine Familie fehlen. Am Dorfeingang verabschieden sich Keinbonus, Dulcia und Apeldjus.

„Danke für alles, Asterix", sagt der Mosaikleger. „Rom wird uns jetzt leer vorkommen ..."

Miraculix nutzt diesen rührseligen Moment, um sein Abschiedsgeschenk zu überreichen: einen geheimnisvollen Beutel. Und Obelix überreicht Apeldjus einen Mini-Hinkelstein.

„Hier, so hast du eine Figur mehr! Leider ist das alles, was ich meißeln kann ..."

Der kleine Junge fällt Obelix um den Hals. Sein gallischer Herkules wird ihm sehr fehlen!

Einige Wochen später schaut sich die Familie im Circus ein neues Spiel an. In den Zuschauerrängen spielt Apeldjus mit seinem kleinen Hinkelstein, während Senator Samus den Einzug der Gladiatoren ankündigt.

Neben alten Veteranen der Arena wie dem Numiden und dem Goten entdecken wir heute drei Neulinge unter den Gladiatoren: Mietfundus, Quadratus und Hasenfus! Die beiden alten Hasen erteilen den Anfängern Ratschläge.

„Der kleine Hagere, du fängst mit einem Schlag in die Leber an!“, schlägt der Gote vor.

„Danach“, fährt der Numide fort, „drehst du dich zu dem Fettsack um und blendest ihn …“

Senator Mietfundus beugt sich zu Hasenfus vor und flüstert:

„Offenbar bin ich der Fettsack? Sind wir da einer Meinung?“

„Wenn ihr alles wie beim Training macht“, schließt der Gote, „tut ihr euch auch nicht weh.“

„Wir haben uns beim Training immer wehgetan!“, protestiert Hasenfus.

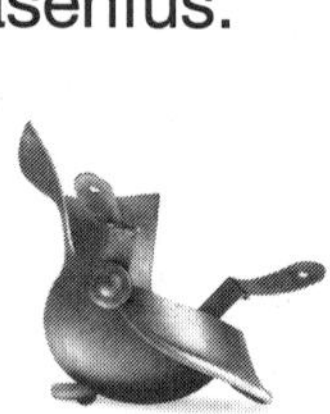

Unwillig schütteln die Gladiatoren die Köpfe.

„Pah, dann tut euch halt weh, wenn ihr sowieso alles besser wisst!“, seufzt der Numide und schreitet voran in die Arena.

Im Publikum lächelt Keinbonus seinem Sohn zu. Er reicht ihm den kleinen Beutel, den Miraculix ihm geschenkt hat. Strahlend nimmt Apeldjus eine Zaubereichel heraus. Er schaut seinen Vater an, und der nickt.

Strahlend dreht sich der kleine Junge zur offiziellen Tribüne, auf der Cäsar Platz genommen hat, und zielt sorgfältig.

Hopp! Die Eichel landet genau zwischen den Beinen des kaiserlichen Sessels. Gleich darauf ragt dort eine gewaltige Eiche in den Himmel. Und an ihr baumelt Cäsar, dessen Fuß in einer niedrigen Astgabel steckt. Das verdutzte Publikum staunt.

„Macht mich los!“, schreit Cäsar zornig. „Sonst werdet ihr alle an die Löwen verfüttert! Verstanden?“

In Aremorica wird es schließlich Zeit für das Schlussbankett. Asterix hält ein Mosaik in der Hand, das Keinbonus ihm geschickt hat und das alle Dorfbewohner zeigt.

„Er war so nett“, bemerkt Asterix, „euch in gallischer Kleidung zu zeigen. Obwohl ihr auch anderes getragen habt!“

„Jetzt fangen die sarkastischen Sprüche wieder an!“, empört sich Gutemine.

„Ich habe nur eingewilligt, mich als Römer zu verkleiden, um möglichst nah an den Feind heranzukommen!“, verteidigt sich Majestix.

Etwas abseits verspeist Automatix Weintrauben auf römische Art, das heißt lang ausgestreckt. Plötzlich trifft ihn ein Knochen mitten ins Gesicht.

„He!“, herrscht ihn der Chef des Dorfes an. „Wir sind hier in Gallien! Man sitzt bei Tisch!“

Als der Schmied und Verleihnix wieder einmal drauf und dran sind, sich in Streit zu verwickeln, reckt Majestix sein Schwert in die Höhe und bringt alle dazu, ihm zuzustimmen.

„Wir sind unbesiegbar! Nein, noch besser: unbeugsam!“

Hurrarufe aller Gallier ertönen als Antwort. Asterix und Obelix stoßen auf ihren Erfolg an.

Mithilfe ihres berühmten Zaubertranks haben die Gallier ihre Bänke und Tische in den Wipfeln der großen Eichen installiert. Umgeben von Laub, mitten in ihrem geliebten Wald, haben die Gallier jede Spur von der Anwesenheit der Römer ausgelöscht. In den letzten Überresten vom ‚Land der Götter‘ haust jetzt eine Rotte Wildschweine …

Kurz und gut, alles ist wieder normal in dem berühmten gallischen Dorf in Aremorica. Es wird nicht aufhören, dem Eindringling Widerstand zu leisten!